Impressum

© 2014: J.Trefz
Verlag: tredition

ISBN   978-3-7323-0684-8 (Paperback)
ISBN   978-3-7323-0685-5 (Hardcover)
ISBN   978-3-7323-0686-2 (e-Book)

Autorenbiografie:

Die Autorin wurde 1969 in Düsseldorf geboren.
Studierte Tiermedizin und lebt heute mit ihrer
Familie und ihren Tieren auf dem Land in
Ostfriesland.

Der ganz normale Wahnsinn

von Jessica Trefz

Für meinen Vater, als Dank für seine Unterstützung

Manchmal frage ich mich, ob ich das Alles wirklich so gewollt habe! Aber ja, im großen Ganzen schon. Vielleicht nicht in allen Kleinigkeiten, aber das Leben wäre ja auch langweilig, wenn man sich die auch noch aussuchen könnte.

Warum ich das trotzdem manchmal denke?

Ach, der Mensch ist halt ein sonderbares Wesen und muss ständig alles in Frage stellen. Besonders, wenn es mal nicht so läuft, wie er es sich vorstellt.

Doch eigentlich habe ich mich im Laufe meiner vierundvierzig Lebensjahre an so einiges gewöhnt! Heute lebe ich mit fünf unserer eigentlich neun Kinder, meinem Mann und einer ganzen Arche voll Tiere im beschaulichen Ostfriesland. Ich kann mich nicht erinnern, hier mal hingewollt zu haben, aber es ist schön hier!

Ewig weites Land. Den Besuch von morgen konnte man tatsächlich schon gestern sehen.

Grüne Wiesen mit schwarz-weißen Tupfen, jedenfalls im Sommer, wenn die Bauern ihre Kühe raus lassen. Jetzt im Winter sind die Wiesen eher blau durch den aufgestauten Regen und bevölkert von einer Vielzahl von Wildvögeln, die unsere weite Landschaft als Winterquartier oder als Zwischenstopp nutzen.

Die Menschen, die hier leben, geben jedem, der es möchte, schon bald das Gefühl dazuzugehören. So sehr, dass sie schon nach ganz kurzer Zeit wieder in ihren ostfriesischen Dialekt verfallen und bei einer köstlichen Tasse Tee gar nicht auf den

Gedanken kommen, man könne sie eventuell gar nicht verstehen.

Ostfriesland

Ewig weites Land sich streckt,
Besuch hast du sehr schnell entdeckt.
Weites Moor und stille Wälder,
dazwischen Wiesen, weite Felder,

bunt getupft in schwarz und weiß.
Frieslands Kühe kennt wohl jeder.
Sanft im Wind wiegt sich der Mais.
Schnell fließt es mir aus der Feder.

Frühling hier, der Garten blüht,
ein Blumenmeer, wohin man sieht!
Und der Wind bringt frischen Duft
Salzig, herbe Meeresluft.

Möwen ziehen auch hier die Kreise,
Storche komm von ihrer Reise.
Klappern munter auf dem Nest,
an Traditionen hält man fest!

Wenn der Sommer Einzug hält,
Schwalben schwirren durch die Luft,
Landwirte auf ihrem Feld,
frisch gebackner Kuchenduft!

Kinderlachen hört man weit.
Erdbeer-Marmeladen-Zeit!

Doch kaum hast du dich versehen,
fängt es auch schon an zu wehen
und der Herbststurm zieht herauf.
Bäume wiegen sich im Wind,
dunkle Wolken ziehen auf.

Plötzlich grelle Blitze zucken
Am liebsten würde man sich ducken.
Donner grollen rauf und runter
Und man denkt, die Welt geht unter!

Die Urgewalt tobt übers Land,
doch Menschen reichen sich die Hand,
um die Schäden zu beheben
Zusammen kann man besser leben!

Dann wird es auf einmal still,
weil der Winter kommen will.

Längst im Stall die Kühe stehen,
dafür kann man Scharen sehen,
Wintergäste aus dem Norden,
wilde Gänse komm in Horden.
Bevölkern nun die kargen Wiesen,
leere Bäume stehen wie Riesen.

Still und weiß und kalt die Welt,
zugefroren jedes Feld.
Eine Schlittschuh-Wunderwelt!

Fröhlich helles Kinderlachen,
Schneeballschlacht und Schneemannmachen,
tönt im winterlichen Wald.
Die Schneekönigin macht bei uns Halt!

Abends in der Guten-Stube
Duft nach Zimt und frischem Tee.
Mädchen freuen sich und Bube
nach der wilden Schlacht im Schnee.
Und das Jahr, es geht zur Neige,
Weihnachtlich tönt eine Geige.

In Ostfriesland leben wir
Und wir leben glücklich hier!

***

Unsere fünf jüngsten Kinder sind hier geboren und ich denke, sie haben hier eine wundervolle Kindheit im Vergleich zu meiner eigenen damals in der Großstadt Düsseldorf.

Auch meine Kindheit war glücklich, behütet und schön, aber immer von dem großen Wunsch geprägt, mit Tieren am und im Haus auf dem Land zu leben.

So stand für mich schon im Kindergartenalter fest, ich werde Tierärztin!

Angespornt durch die Filme und die Bücher von James Herriot, der Arbeit im Reitstall schon morgens um fünf Uhr vor der Schule und dem damaligen Pferdefacharzt des Reitstalles, ging mein ganzes schulisches Streben dahin, möglichst gut durch das Abitur zu kommen, um dann schnell in der bekanntesten deutschen Hochschule für Veterinärmedizin, der tierärztlichen Hochschule Hannover, mein Studium aufnehmen zu können.

Ich war schon immer ein sehr zielstrebiger Mensch und was ich mir einmal vornehme, versuche ich auch zu erreichen. Mein Vater brachte es anlässlich meiner Hochzeit auf den Punkt, in dem er das Lied von Frank Sinatra zitierte: „…, I did it my way!"

So begann ich also mein Studium der Tiermedizin zusammen mit meinem treuen Begleiter Hasko, einem Berner Sennenhund, der, wenn er nur einen Stift in seinen Pfoten hätte halten können, sicherlich zusammen mit mir jede Examensarbeit verfasst hätte. Schließlich musste er während des gesamten Studiums als Versuchsobjekt für Tastbefunde der Anatomie genauso herhalten wie als Zuhörer für die ständig vor Prüfungen aufgesagten Gesetzestexte in Lebensmittelhygiene oder Tierseuchenbekämpfung.

Tierärztliche Hochschule Hannover

Alt ehrwürdige Gebäude,
Backsteinbau aus alter Zeit,
Geschichte, wo man geht und schaut!
Welche wunderbare Freude,
endlich hier zu stehen heut!
Man kaum seinen Augen traut.

Viele Jahre Müh und Plage
Standen vor dem heut gen Tage.
Abitur liegt hinter mir.
TiHo jetzt steh ich vor dir!
Schon seit vielen hundert Jahren
Studenten hier zu Hause waren.

Trittst du dann im Hörsaal ein,
fühlst du plötzlich dich ganz klein.
Bohnerwachs und altes Holz,
Handbemalte alte Karten,
In Latein steht hier ein Spruch,

aufgeschlagen liegt ein Buch.
Kaum kann man es selbst erwarten,
sich einzuschreiben voller Stolz.

Alte, braune, kleine Flaschen
mit vergilbtem Etikett
stehen hier in den Vitrinen.
Geruch nach Kampfer, Liniment,
wie man s von James Herriot kennt!
Folter-Instrumenten-Taschen,
Stethoskop, Trokar, Stielet.

Und in Formalin getränkt,
gruseliger als man denkt,
Missgeburt und Embryonen,
Organe, Würmer und Skorpionen.
Horror-Grusel-Kabinett,
ganz in Reih und Glied, adrett!

Und dann fängt das Pauken an.
Jeder steht hier seinen Mann!
Nicht nur muss man auf Latein
lernen Muskeln, Knochen, Nerven,
Tiere kennen, groß und klein.

Sondern auch ins Zeug sich werfen,
wenn s drum geht, das Schwein zu fangen,
Kühen mal ans Euter langen,
dem bissigen Hund das Maul zu stopfen,
oder das Eisen an den Huf zu klopfen.

Außerdem lernt jeder hier
des Bandwurms Finne im geschlachteten Tier
zu finden mit geschärftem Messer.
Der Professor kann es immer besser!
Gesetzestexte rauf und runter
zitieren wir, nicht grad sehr munter!

Alles für das große Ziel:
Den Doktorhut, den jeder will!
Den Veterinär der Medizin,
was gäbe ich drum, wenn ich s erst bin!

***

Mit bestandenem Examen in der Tasche nahm ich meinen Dienst in einer Kleintierpraxis in Hannover auf, bei der ich schon während des Studiums zahlreiche praktische Erfahrungen gesammelt hatte.

Doch irgendwann begannen sich die anfangs erwähnten Kleinigkeiten in mein zielstrebig vorwärts drängendes Leben zu mischen.

Zunächst in Form eines kleinen, niedlichen, aber ziemlich heftig schreienden Bündel Mensch. Mein erster Sohn war geboren und beanspruchte meine volle Aufmerksamkeit. Ich merkte zum vielleicht ersten Mal, dass auch Dinge, die man nicht einplant, das Leben ungemein bereichern können, auch wenn sie es in eine ganz andere Richtung leiten. Nun war ich also Mutter und Hausfrau und nicht mehr „Frau Doktor" in weiß, doch ich war glücklich!

So glücklich, dass schon bald darauf ein zweiter Schreihals folgte.

Aber das Leben wäre nicht das Leben und es wäre auch nicht erzählenswert, wenn es „Friede, Freude, Eierkuchen" so weiter gegangen wäre.

An dem Geschrei von zwei Kleinkindern und einer mittlerweile leider ziemlich konträren Lebensauffassung sind schon viele Ehen gescheitert. So saß ich erstmal allein mit den zwei mittlerweile nicht mehr ganz so viel schreienden Wichten wieder in Düsseldorf.

Doch auf Regen folgt manchmal eben auch Sonnenschein, und so landete ich mit Umwegen und sehr schmerzhaften Verlusten hier im sonnigen, vorher beschriebenen Ostfriesland in einer jetzt auch nicht immer ganz einfachen Patchwork-Familie.

Inzwischen wurden aus den zwei Plagegeistern neun, und zu ihnen gesellten sich Hunde, Meerschweinchen, Kaninchen, Papageien, Fische, Schildkröten, Hühner und vier Ponys. Der Tierarzt lässt sich eben nicht verleugnen!

Und dieses Leben mit den Kindern, die alle so verschieden sind und die doch alle ganz das Gleiche, nämlich meine volle Aufmerksamkeit und meine ganze Liebe, fordern, ist so reich, so spannend und so voller Überraschungen, dass ich mich halt manchmal frage, ob………

Da ist zum Beispiel Merle. Kleiner als andere, mit einem riesigen Herzen, mit Mut, Ehrgeiz und Durchhaltevermögen und einer unerschöpflichen Liebe für alle Tiere!

Merle wurde vor zwölf Jahren als sechstes unserer Kinder und als meine erste Tochter geboren, und ich erzähle ihre Geschichte, um all denen Mut zu machen, die von Krankheit geplagt, schon ganz verzweifelt sind.

Merle war mopsfidel, laut und ein richtiger Sonnenschein, doch schon nach knapp einem Jahr plagten sie immer wieder Erkältungen, Husten und schlimme Lungenentzündungen. Obwohl die Kinderärztin sie lange Zeit einfach als „anfälliges Kind" abtat, war mir ziemlich schnell klar, dass mehr dahinter stecken musste. Als Merle, im Alter von gerade Mal achtzehn Monaten, morgens wegen Sauerstoffmangels ohnmächtig auf dem Teppich ihres Kinderzimmers lag, waren die schlimmsten Befürchtungen bestätigt, Merle litt unter ziemlich heftigem Bronchialasthma.

Die nächsten Monate und Jahre verbrachte sie daher viel Zeit bei Ärzten, in Krankenhäusern, bei Allergietests und immer wieder mit Lungenentzündungen im Bett. Sie bekam ständig Antibiotika und schließlich, mit zwei Jahren, Cortison als Dauertherapie.

Doch eines hat sich Merle während der ganzen Zeit stets bewahrt, ihre gute Laune und ihre riesige Liebe zu allen Tieren.

Also schenkte ich ihr zu ihrem vierten Geburtstag ein Pony.

Pascha, zehn Jahre jung, ein Welsch-Pony-Mix, 110 cm groß, schwarz-weiß gefleckt, mit lustigen Augen, die unter seinem dicken Schopf fröhlich hervor blitzten, und einer weißen Schnippe, die diesen Ponykopf unverwechselbar machte.

Eigentlich der Traum jedes kleinen Mädchens!

Doch leider auch ein Pony, das keiner mehr haben wollte, weil es konsequent jedes Kind in den Sand beförderte.

Ein Pony, das von seiner Umwelt falsch verstanden wurde und sich nicht anders zu wehren wusste.

Ein Pony, das wahrscheinlich durch falsches Reiten über Jahre massive Rückenprobleme bekommen hatte.

Ein Pony, das in der Herde stets von den anderen weggejagt wurde und deswegen immer abseits stand.

So kam Pascha zu uns in unsere kleine Herde von vier Ponys.

Anfangs, als ich Merle auf Pascha führte, war er das liebste Pony, aber sobald ich mich mehr als drei Schritte von ihm entfernte, stoppte Pascha, stemmte die Vorderbeine fest in den Boden, schmiss den Hintern senkrecht in die Luft und steckte den Kopf zwischen die Vorderbeine…. Keine Chance für Merle, oben zu bleiben!

Doch hier wurde Merles Ehrgeiz geweckt!

Sofort krabbelte sie auf die Beine und saß direkt wieder auf dem Pony. Das wiederholte sich einige

Male in den nächsten Tagen, bis es mir schließlich reichte und ich mich selbst auf das Pony setzte.

Pascha, vor die Wahl gestellt, eine viel zu große Erwachsene zu schleppen, oder doch lieber ein kleines, nettes Mädchen oben zu lassen, überlegte nicht lange, dann doch lieber das kleine Mädchen!

Von diesem Tag an genügte es, dass ich in der Reitbahn stand, und wenn Pascha Anstalten machte, mal wieder zu bocken, reichte ein strafender Blick oder ein ermahnendes Wort.

Merle aber lernte immer besser, sich ihm gegenüber durchzusetzen, und Pascha lernte, dass wir hier seine Freunde waren, dass niemand ihn mehr mit einem zu großen Sattel ritt, dass man auf seinen kranken Rücken Rücksicht nahm und dass er in der Herde akzeptiert wurde.

Schließlich schaffte es Merle auch, ihn ohne meine Hilfe zu reiten, sie wusste an seinem Ohrenspiel zu erkennen, wann ihm mal wieder der Schalk im Nacken saß und er jeden vorbei fahrenden Lkw als willkommene Gelegenheit ansah, um doch mal wieder seinen Handstandtrick auszuprobieren.

Sie lernten zusammen und von einander, über Bodenstangen und kleine Hindernisse zu springen, und schließlich genügte es, wenn Pascha doch mal wieder übermütig wurde, dass Merle sich vor ihn hinstellte und sagte: " Pascha, wenn du jetzt nicht lieb bist, sag ich es Mama!".

Pascha ging für Merle, als Indianerpony verkleidet zum Karneval, mit zwanzig anderen, fremden Ponys ins Zeltlager, erfolgreich auf

Ponyspielturniere und lernte, allein für Merle, eine Kutsche zu ziehen.

Gestärkt durch dieses Selbstvertrauen wollte Merle mit sechs Jahren anfangen zu voltigieren. Wir fanden einen Verein in der Nähe, bei dem dies, sogar mit Turnierteilnahme, möglich war. Bereits in ihrem ersten Jahr errang Merle mit ihrer Mannschaft viele Platzierungen und Siege. Das Tolle für Merle an diesem Sport war, neben dem Umgang mit Pferden natürlich, dass es plötzlich von Vorteil für sie war, kleiner zu sein als ihre Altersgenossinnen. Wo sie in der Schule mitleidig als Kleinste belächelt wurde, war sie beim Voltigieren als „Obermann" gerade richtig und unverzichtbar.

Merle wuchs mit ihrer Mannschaft zusammen, entwickelte immer mehr Begeisterung für den Sport und durfte mit knapp zehn Jahren in die Leistungsgruppe des Vereins wechseln. Mittlerweile läuft sie vor dem Training mal eben fünf Kilometer zum Warmlaufen, und das auch schon mal bei 30°C im Schatten. Ihr Sportlehrer in der Schule staunt immer wieder Bauklötze, was für eine Kraft in so einer kleinen Person steckt. Ihre Cortisontherapie konnten wir vor zwei Jahren absetzen, und der letzte, wirklich schwere Asthmaanfall liegt auch schon Jahre zurück.

Heute braucht sie nur noch hin und wieder mal ihr Notfallspray. Auch bekommt sie natürlich ab und zu mal eine Bronchitis, doch ist die dann nicht schlimmer oder langwieriger als bei ihren Geschwistern.

Seit letztem Sommer steht noch ein neues Pony bei uns.

Lissy, Merles fünfjährige Welsh-B Stute; braun und eine echte Schönheit. Mit ihr hat Merle noch viel vor, im Sommer hat sie auf Lissy ihr Reitabzeichen geschafft, und im nächsten Jahr soll es auf Turniere gehen, am liebsten Springen!

Auch beim Voltigieren warten in der neuen Saison bestimmt wieder neue Herausforderungen.

Den größten Platz in Merles Herzen nimmt aber immer noch Pascha ein. Denn mit ihm und durch ihn haben Merle und auch ich gelernt, dass man zwar auch mit jedem Handicap, was einem auferlegt wird, leben muss, aber dass man sich sein Leben nicht davon bestimmen lassen darf. Man muss nur fest an sich glauben, Gottvertrauen haben und einen guten Freund, so wie Pascha, dann wächst man über sich hinaus!

Ich bin stark, doch nicht allein

Die Krankheit kann mich nicht besiegen,
ich lasse mich nicht unterkriegen,
ich kann es schaffen, nicht allein,
mein Freund wird immer bei mir sein.

Mein Pony, damals auch allein,
zusammen können wir stärker sein.
Dein weiches Maul, dein kluger Blick,
das alles lenkte mein Geschick.

Heut bin ich stark, heut hab ich Mut,
zusammen geht s uns richtig gut.
Und eins das ist für mich schon klar:
Du, Pascha, bist echt wunderbar!!

***

Da ist auch Patrick, der durch seinen Autismus unverwechselbar ist, und mich dazu brachte, einen scheinbar aussichtslosen Kampf gegen alle Behörden zu führen und dabei zu lernen, dass nur, wer nicht aufgibt, auch alles erreichen kann.

Patrick ist unser siebtes Kind und schon als Baby war er etwas Besonderes!

Panisches Geschrei beim Erklingen jeder Art von Spieluhr, das Wechseln der Bettwäsche quittierte er mit tagelanger Weigerung in diesem Bett zu schlafen, und lag er satt und zufrieden in meinem Arm, schaute er mich nachdenklich, fragend, aber niemals lächelnd ins Gesicht.

Er wuchs zwischen seinen Geschwistern heran, hatte mit einem Jahr nachts immer wieder heftigste Alpträume, weswegen ich es schließlich unserer Berner Sennenhündin Senta erlaubte mit in seinem Bett zu schlafen.

Auch sprechen wollte Patrick nicht mit uns, jedenfalls nicht in Deutsch!

Das muntere Geplapper, was er am Tisch vom Hochstuhl aus zum Besten gab, hörte sich mehr wie arabisch oder chinesisch an.

Beim Zuhören hielt er den Kopf immer angestrengt zur Seite gelegt und auch das Laufen lernte er erst mit zwei Jahren.

All diese Dinge, auch der Vergleich mit all seinen Geschwistern, mittlerweile war auch Tomke geboren, brachte meine Kinderärztin in keiner

Weise aus der Fassung. Jeglichen Versuch meinerseits, den Dingen auf den Grund zu gehen, tat sie damit ab, Patrick sei halt ein „Mittelkind" und ich müsse mich eben mehr um ihn kümmern! Prima Idee!!

Bei so vielen Kindern ist irgendwie jeder ein „Mittelkind"!

Schon mit knapp zwei Jahren hatte Patrick sich zum ersten Mal bei einem seiner Wutanfälle in einen Krampf „geschrieen". Er wurde stocksteif, der ganze kleine Körper verdrehte sich, er war nicht mehr ansprechbar, bis er nach einer schier endlos scheinenden Zeit in sich zusammensackte. Als sich dies einige Monate später wiederholte, beschloss ich, ihn, da von meiner Kinderärztin keine Unterstützung zu erwarten war, in einem sozialpädiatrischen Zentrum unseres Krankenhauses vorzustellen. Dort empfahl man mir ein Schlaf-EEG.

Damit Patrick aber auch wirklich schlafe, solle ich ihn um fünf Uhr morgens wecken, dann abends für eine Nacht stationär ins Krankenhaus bringen, und am nächsten Morgen um fünf Uhr würde dann das EEG geschrieben.

Fünf Uhr wecken?? Kein Problem, aber machte das Sinn, bei einem Kind, dass sowieso nie länger schläft als bis vier Uhr morgens und das die halbe Nacht dazu nutzt auf dem Fußboden seines Kinderzimmers mit seiner Eisenbahn zu spielen, durchs Haus zu laufen und zu schauen, ob nicht doch einer seiner Geschwister bereit wäre, mit ihm etwas zu unternehmen. Aber sei es drum!

Patrick wurde also zur gewohnten Zeit wach, verbrachte den Vormittag mit seinen Geschwistern im Kindergarten, wo er eigentlich nur bei einer Erzieherin auf dem Schoß saß und jegliche Teilnahme am Kindergartenalltag verweigerte oder, mal auf sich allein gestellt, das Kindergartenmobiliar durcheinander warf. Der Nachmittag zu Hause mit so vielen Kindern war turbulent, wie immer und abends um sechs Uhr kamen Patrick und ich im Krankenhaus an. Dort gab es die Anweisung, Patrick bis nachts um eins wach zu halten, dann durften wir bis vier Uhr schlafen, danach aufstehen und um fünf Uhr mit einem bis dahin sicherlich todmüden Kind zum EEG.

Was macht man nun mit einem knapp vierjährigen Kind abends in einem Krankenhaus, wenn man selbst im achten Monat schwanger und seit morgens früh um fünf auf den Beinen ist? Klar, das Spielzimmer ist bestimmt der richtige Ort, für so ein Unterfangen! Gedacht, gemacht, und wen stört es schon, dass dort abends, wahrscheinlich aus Kostengründen, die Heizung abgedreht wird, es durch die Fenster zieht und für die Erwachsenen, schließlich war man ja auf der Kinderstation, nur Holzbänke an der Seite standen!

Patrick fand es jedenfalls toll, denn mitten im Raum stand ein riesiges, begehbares Holzschiff mit ungefähr ein tausend Spielbällen im Rumpf. Welch ein Spaß!!

Die Bälle konnte man, sorgfältig und einzeln nacheinander alle nach oben an Deck bringen, und es gab so viele verschiedene Wege hinauf und hinunter, und da sechs Stunden eine sehr, sehr lange Zeit waren, blieb auch noch Gelegenheit, alle tausend Bälle hinterher einzeln wieder hinunter zu tragen. Komisch nur, dass Mama an dieser Sache so gar kein Gefallen zu finden schien!!

Um Mitternacht war es vollbracht und wir gingen, Patrick hoch erfreut und ich total gerädert, zurück in unser Zimmer. Doch fehlte immer noch eine Stunde bis zum Zubettgehen. Zum Lesen fühlte ich mich zu müde, also spielten wir gefühlte hundert Mal Memory. Die Bilder davon verfolgen mich noch heute!

Endlich ein Uhr nachts, das Licht darf ausgemacht werden!

„Mami", sagt Patrick, „jetzt bin ich auch wirklich ein bisschen müde!" „Ach?"

Doch die grausame Realität holte uns in Form der freundlichen Nachtschwester um vier Uhr morgens wieder ein. Ausgeschlafen sieht anders aus!!

Um fünf Uhr war es dann so weit. Zur Sicherheit, obwohl das nach so wenig Schlaf sicher nicht mehr nötig sei, wie man mir versicherte, bekam Patrick noch einen leichten Schlafsaft und dann wurden die für das EEG notwenigen Elektroden an seinem Kopf befestigt. Das war schon nicht ganz einfach, weil für ihn sehr beängstigend, aber spätestens als ihm gesagt wurde, er solle nun ganz still sitzen, die Augen zu machen und der Geschichte zu hören, war es mit müde sein vorbei. So wach ist Patrick noch nie gewesen!

Und während es ihm nicht gelang auch nur eine halbe Minute still zu sitzen, habe ich meine Augenlider noch nie als so schwer empfunden. Das EEG war bestimmt nicht einer der vorzeigbaren Glanzleistungen der armen Schwester, aber es war ja nicht ihre Schuld. Alle weiteren EEG, die wir noch bei Patrick geschrieben haben, und es kam, Gott sei Dank, nie etwas Schlimmes dabei heraus, haben wir im wachen Zustand geschrieben.

Übrigens sollte man Kinder, die an ADHS (Hyperaktivität) leiden, möglichst selten mit irgendwelchen Beruhigungssäften oder Narkosemitteln in Verbindung bringen, wie auch ein zweiter Versuch bei Patrick belegte.

Immer noch auf der Suche nach einer Ursache für Patricks auffälliges Benehmen fuhren wir zur Kinderklinik nach Oldenburg, um dort ein MRT seines Kopfes machen zu lassen. Nun kann man kleine Kinder natürlich nicht so ohne weiteres dazu bewegen, längere Zeit still in so einer Röhre liegen zu bleiben, also ging auch dies nur mit einer leichten Narkose. Das hieß für Patrick und mich, Tasche packen und mal wieder unser Lager in einem Krankenhaus aufschlagen.

Es gab, trotz Beruhigungssaft und „Scheißegal-Spritze" einen heftigen Kampf bevor Patrick endlich eingeschlafen war, aber das war nichts im Vergleich zu dem, was mich hinterher im Aufwachraum erwartete.

Noch völlig benommen von den Medikamenten versuchte Patrick vehement sich aufzusetzen. Ich musste meine ganze Kraft aufwenden, um ihn daran zu hindern, aber plötzlich bemerkte Patrick, dass er nur noch einen Socken anhatte. Da war es vorbei. Heulend, weinend, kämpfend, verzweifelt schrie er und verlangte nach seinem zweiten Strumpf. Mindestens zwei Schwestern und drei Ärzte durchwühlten erst das Bett, dann den Aufwachraum und schließlich den Op. Von dem Socken keine Spur und Patrick mittlerweile so erregt, dass ich mich, als wir uns auf den Rückweg zu unserem Krankenzimmer machten, auf das Bett setzen und mich halb auf ihn legen musste, um ihn daran zu hindern, aus dem Bett zu springen. Ein Kind, dessen Lieblingsspielzeug gerade kaputt gegangen ist, könnte nicht verzweifelter sein als Patrick in diesem Moment über den Verlust seines Sockens.

Das Schlimmste aber erwartete mich im Krankenzimmer, als Patrick endlich zu vollem Bewusstsein zurück gefunden hatte. Er setzte sich in seinem Bett auf, zog den verbliebenen Socken vom Fuß, wurschtelte damit herum und zog schließlich, oh nein, den zweiten Socken aus dem ersten heraus!!

„Hier ist ja meine Socke, Mami!"….

Nach diesen und anderen Katastrophen und einem völligen Fiasko im ersten Kindergartenjahr, ließ ich Patrick ein Jahr von der Einschulung zurück stellen und er kam in einen heilpädagogischen Kindergarten. Hier war, in kleinen Gruppen, erstmals ein Vorwärtskommen zu erkennen.

Ein Jahr später wurde er, auf Grund eines Intelligenztests im unteren Bereich auf eine Förderschule eingeschult. Den Test hatte das Gesundheitsamt nachmittags um fünf Uhr gemacht, nachdem Patrick vorher von sechs Uhr morgens bis vier Uhr nachmittags im Kindergarten gewesen war! Wer will da noch Intelligenzleistungen von einem sechsjährigen Kind erwarten?

Doch trotz sehr geringer schulischer Anforderungen, war Patricks Verhalten ein Desaster. Das erste Schuljahr verbrachte er entweder auf dem Speicher der Schule, auf der Strasse, immer einige Lehrer im Gefolge, welche versuchten ihn wieder einzufangen, oder einfach zu hause, weil wieder Mal vormittags das Telefon bei mir geklingelt hatte und ich ihn von der Schule abholen musste.

Die Kinderärztin hatte ich schon vor einigen Jahren gewechselt, nachdem im Alter von fünf Jahren ein Facharzt eine angeborene!!

Innenohrschwerhörigkeit festgestellt hatte, und der guten Frau nichts anderes einfiel, als mir zu sagen, dass der Facharzt sicher etwas falsch gemacht hätte.

Jeder Arzt und Psychologe und mittlerweile auch jeder Lehrer, der Patrick näher kennen lernte, teilte eigentlich meinen Verdacht, den ich schon seit Jahren hegte, dass Patrick unter Autismus leide.

Einer Krankheit bei der es Betroffenen extrem schwer fällt, soziale Strukturen zu erkennen und zu akzeptieren.

Es kam so weit, dass selbst die Förderschule Patrick vom Unterricht ausschloss und er über Wochen zu hause bleiben musste.

Da wurde ich dann von meinem achtjährigen Sohn gefragt, warum er eigentlich nicht in die Schule gehen dürfe!!

Damals begann mein Kampf gegen alle Behörden, der fast eineinhalb Jahre dauerte.

Zunächst stellte ich beim Jugendamt einen Antrag auf eine Integrationshilfe für Patrick. Das heißt er bekam eine Erwachsene in der Schule zur Seite gestellt, die ihm half den Umgang mit seinen Mitschülern und Lehrern besser zu meistern. Leider sind all diese Maßnahmen ein Kostenfaktor und die Ämter sehen sie auch als solche und nicht als Hilfe für das Schicksal eines Kindes.

Die Hilfe für Patrick war deswegen auf einige Stunden in der Woche begrenzt, so dass es in der Zeit, in der Patrick der Schule wieder allein gegenüber stand, immer weiter und schwerwiegender zu Konflikten kam.

Eine Heraufsetzung der Stunden der I-Hilfe oder endlich mal ein Therapieansatz für Patrick war aber nicht in Sicht. Dafür hätte ich einen diagnostizierten Autismus bescheinigt haben müssen.

Also machte ich mich auf den Weg nach Münster in die Uniklinik, mehrmals.

Ein weiter Weg mit all den Kindern. Stundenlange Tests und Gespräche mit Patrick und mir, führten im Abschlussgespräch mir der Psychologin dazu, dass auch sie klare autistische Züge und die Gefahr einer seelischen Behinderung auf Patrick zu kommen sah.

Okay, dachte ich, dieser Bericht, wenn er mir dann schriftlich vorläge, sollte das Amt ja wohl zufrieden stellen.

Doch Pustekuchen! Keine zwei Wochen später bekam ich einen Anruf aus Münster, dass die Psychologin den Bericht jetzt doch anders verfassen würde, da eben doch kein so ganz eindeutiger Autismus vorliege. Pech gehabt, sagte mir daraufhin der Leiter des Jugendamtes, ohne eine Diagnose aus Münster würde für Patricks weitere Unterstützung nichts unternommen.

Seine Mitarbeiterin nannte mir aber den Namen einer Fachärztin für Kinderpsychiatrie, an die könne ich mich ja wenden.

Gesagt, getan. Wieder etliche Stunden, Fahrten, Termine und Gespräche später, stellte diese Fachärztin die Diagnose einer Autismusstörung gepaart mit einer sehr schweren Form der ADHS. Der Bericht darüber ging sofort ans Amt und....kam auch genauso schnell mit einer Ablehnung wieder zurück!

Das Amt, so sagte mir der Amtsleiter, und er kam mir dabei irgend wie sehr selbstzufrieden vor, hätte das Recht, die Stelle, die eine Autismusdiagnose stellen darf, selbst festzulegen.
Es steht tatsächlich so im Sozialgesetzbuch, aber dasteht eben auch das Amt kann(!!) nicht es muss!!
Mein Sohn saß derweilen immer noch zu hause, meine Telefonrechnung stieg ins Unermessliche und meine anderen Kinder waren tierisch genervt von den ständigen Telefonaten und Arztterminen. Ich telefonierte wirklich mit Gott und der Welt.
Unter anderem auch dem Behindertenbeauftragten des Landkreises, welch ein klangvoller Titel.
Er hörte sich den Bericht über meine Lage an und meinte dann sehr mitfühlend, dass das alles ja ganz schrecklich wäre, aber mit Kindern würde er sich eigentlich gar nicht befassen! Ich war jetzt fassungslos. Gab es denn nur erwachsene Behinderte, oder lohnte es sich einfach nicht sich um Kinder zu kümmern?
Doch es half nichts, knapp ein Jahr nach meinen ersten Besuchen, besorgte ich mir erneut Termine in der Uniklinik Münster. Doch dieses Mal ließ ich mich auf keine ewig langen Gespräche mehr ein.
Ich hatte in der Zwischenzeit so ziemlich alles über Autismus gelesen, was irgendwo zu finden war. Ich wusste, es waren in der medizinischen Fachliteratur 184(!) beschriebene Autismusformen dokumentiert, wer wollte also hier „lieber Gott" spielen und entscheiden, dass es, nur weil Patrick in keine dieser 184 Formen, man muss sich diese Zahl mal

wirklich auf der Zunge zergehen lassen, hinein passte, nicht auch eine 185. Form geben könnte? Sollte das wirklich als Argument ausreichen, dass Patrick keine Hilfe bekam und in einem Land wie Deutschland ihm die Schulbildung verweigert wurde?

Gab es hier tatsächlich nur eine Schulpflicht und nicht auch das Recht auf Bildung für alle (!) Kinder?

Was sagt man einer Mitarbeiterin des Jugendamtes, die mir sagte, dass ich einfach viel zu stark und engagiert sei, und dass bei jedem anderen Kind das Jugendamt schon längst zum „Wohle des Kindes" die nötigen Maßnahmen ergriffen hätte, man sich bei mir aber sicher sei, dass ich ja selbst ausreichend für Patricks Wohl kämpfte. „Danke!"

Geprägt durch all diese Erfahrungen, sagte ich der Psychologin in Münster direkt, dass ich ohne gültige Autismusdiagnose nicht mehr weggehen würde. Schließlich hing Patricks Zukunft davon ab und siehe da, plötzlich ging es.

War Patrick bei dem Test vor einem Jahr nur gerade so an dem Grenzwert für autistische Kinder gescheitert, so war er nun, welch ein Wunder, weit in das autistische Spektrum hinein gerutscht.

Autist in unserer Welt

Schwarz und Weiß
Nicht grau und bunt
Gerade Linie
Sonst geht es rund.

Gleich ist gleich
Und doch mal später?
Nein, vielleicht,
ein Ja wird zum Verräter.

Heute so und morgen anders
Wer glaubt denn, ich kann das.
Viele Regeln, viele Fragen
Kann man das nicht klarer sagen?

Und dann will ich nur noch weg
Such in mir drinnen ein Versteck
Doch ihr lasst mich nicht in Ruhe
Kommt mir nah bis an die Schuhe.
Wie soll ich mich jetzt noch schützen
Da muss ich meine Fäuste nützen.

Des Rätsels Lösung in mir steckt
Doch keiner hat sie je entdeckt
Wie soll ich eure Welt verstehen
Könnt ihr auf mich doch zu nicht gehen?

So bleibe weiter ich allein
Bis einer kommt, den Anderssein
Nicht schreckt
Und der erkennt, was in mir steckt.

***

Er kam auch bei einem neuerlich durchgeführten Intelligenztest auf ganz durchschnittliche Begabungswerte, keiner sprach mehr von geistiger Behinderung, und ich sollte einen Fragebogen für Asperger Autisten ausfüllen, den mir im Jahr zuvor komischer Weise niemand gegeben hatte und der deutlich positiv ausfiel.

Endlich, mit dem ersehnten Bescheid in der Tasche, ging plötzlich alles sehr schnell. Patrick bekam die Integrationshilfe für den gesamten Schultag, die lang schon notwendige Autismustherapie, die ihm hilft ganz alltägliche Situationen, die uns banal erscheinen einem Autisten aber unüberwindbar, zu meistern, und er geht heute in eine Gruppe mit Kindern, die ähnliche Probleme haben, und lernt dort Kontakt und Konflikte in dieser Gruppe aufzunehmen und damit umzugehen. In der Schule hat Patrick riesige Fortschritte gemacht, so dass wir jetzt bemüht sind in so bald wie möglich auf die ganz normale Grundschule wechseln zu lassen.

Immer besser gelingt es ihm auch am Nachmittag, zum Beispiel in der Kinderfeuerwehr, seine Ängste zu überwinden und mit anderen Kindern zusammen tolle Dinge zu erleben.

Mein Kampf hat sich gelohnt und Beharrlichkeit zahlt sich aus, auch für andere. Denn heute, ungefähr ein Jahr später, hat auch hier der Landkreis eingesehen, dass auch andere medizinische Einrichtungen in der Lage sind, eine zuverlässige Autismusdiagnostik zu betreiben.

Heute brauchen Eltern betroffener Kinder nicht mehr bis Münster zu fahren und den Kindern kann so sicherlich schneller geholfen werden.

Aber der Weg war noch nicht zu Ende .Auch die Umschulung in eine normale Grundschule gestaltete sich nicht so einfach, wie man sich das eigentlich nach Einführung der viel beschrienen Inklusion hätte vorstellen können.

Nachdem ich, Patrick saß mittlerweile in Klasse vier der Förderschule, erschreckt feststellte, dass nun auch Milan in der ersten Klasse, anfing an Patrick vorbeizuziehen, dachte ich es sei Zeit die Reißleine zu ziehen.

Bisher hatten zwar die Autismustherapeutin und ich bei jedem halbjährlich stattfindenden Hilfeplangespräch darauf hin gewiesen, dass Patrick unserer Meinung nach mehr leisten könne als die Schule ihm abverlange, aber wir waren immer mit seinen sozialen Schwierigkeiten vertröstet worden.

Nun aber musste etwas geschehen!

Leider hatte ich keinen großen Erfolg, als ich in mehreren Gesprächen versuchte, die Direktorin der Förderschule davon zu überzeugen, dass Patrick doch bitte endlich weiter als bis zwanzig rechnen dürfe, schließlich habe er ja auch zuhause in einer halben Stunde mit mir die Multiplikation und die Division gelernt und verstanden.

Es passierte von schulischer Seite einfach gar nichts.

Im mittlerweile x-ten Telefongespräch bekam ich dann als Antwort: „Wieso, wir hatten uns doch geeinigt, dass Patrick hier ganz normal den Unterricht mitmacht, und dass Sie ihm zuhause all die anderen Sachen beibringen!"

Okay?! Die Lehrer kassieren das Geld und ich mach die Arbeit??

Ich hatte genug, dass hatte Patrick nicht verdient und dafür hatte ich nicht jahrelang gekämpft.

Ich verlangte die Einberufung einer Förderkommission, um eine Umschulung für Patrick in die Regelgrundschule zu erreichen.

Patrick wurde vorher von einer Förderschullehrerin überprüft und es wurde ein Gutachten geschrieben.

Natürlich kenne ich die Richtlinien für solche Gutachten nicht, aber meiner Meinung nach kann es nicht genügen in so einem Gutachten festzustellen, dass mein Kind zum Beispiel nicht in der Lage ist Adjektive und Verben zu erkennen, ohne auch daraufhin zu weisen, dass noch niemals jemand ihm erklärt hat, das es solche Dinge überhaupt gibt.

Die Lehrer unserer Grundschule und auch der Direktor waren von mir natürlich vorab gefragt worden, ob so ein Wechsel für sie in Ordnung wäre, und ich bekam nur positive Resonanz.

Also traf sich die Förderkommission in der Schule. Leider zu einem Zeitpunkt an dem Milan schon zuhause war, sodass ich ihn mitnehmen musste, schließlich konnte ich ihn mit seinen gerade mal sechs Jahren ja schlecht allein lassen.

Ich kam also mit Milan in der Förderschule an und wurde von der Direktorin mit den Worten begrüßt, „Wer ist denn das?"
Sie konnte nicht verstehen, was mir einfiel Milan dort mithin zu nehmen.
Ich erklärte ihr die Situation und sagte, Milan würde sich einfach daneben setzen und malen.
Das ginge überhaupt nicht, schließlich würden wir ja über seinen Bruder sprechen.
Ich war der Auffassung, dass es nicht ginge ein sechsjähriges Kind alleine auf dem Schulflur sitzen zu lassen.
Darauf wollte die Direktorin das ganze Gespräch verschieben.
Da nun aber acht berufstätige Leute sich extra für meinen Sohn Zeit genommen hatten und hier warteten, war ich gezwungen einzulenken.
Schließlich gibt der Klügere nach!
Milan setzte sich also, die Tränen verkneifend alleine an einen Tisch auf dem Flur und wurde ausgesperrt.
Nachdem die ganze Diskussion in jede nur erdenkliche Breite gezogen worden war, kamen wir am Ende, je nach Betrachtungsweise, zu dem für mich glücklichen einstimmigen Ergebnis, dass Patrick in die dritte Klasse unserer Grundschule umgeschult werden sollte.
Geschafft, dachte ich wenigstens.
Ich wartete nun also jeden Tag auf den Brief der Landesschulbehörde, die diesen Beschluss noch absegnen musste.

Der Brief kam aber nicht und Patrick wurde immer ungeduldiger, was sich natürlich wieder in seinem Verhalten in der Schule zeigte.

Nichts ist schlimmer für einen Autisten als ungeklärte Situationen!

Endlich kam der Anruf, an einem Freitagnachmittag während die Mädchen gerade beim Voltigieren waren.

„Frau … wir kennen uns doch von den Schulausschusssitzungen...!

Ich habe hier die Akte von ihrem Sohn und ich habe da ein Problem mit."

Klar, kannte ich ihn, ich war ja zurzeit ständig damit beschäftigt die Schließung unserer Grundschule zu verhindern und da war natürlich auch die Schulbehörde dran beteiligt.

Aber was das mit Patrick zutun hätte, konnte ich nicht verstehen.

Auf Nachfragen bekam ich aber nur die Antwort, ich müsse noch mal zu einem Gespräch in die, leider vierzig Kilometer entfernte, Behörde kommen.

Ich fand das alles sehr merkwürdig, schließlich hatte ich ein einstimmiges Votum der Förderkommission hinter mir.

Nachforschungen ergaben, dass es tatsächlich niemanden gab, der schon je davon gehört hatte, dass sich ein Schuldezernent gegen die Kommission und den Elternwillen stellt.

Warum also wieder einmal bei mir?

Nur weil ich als gewählte Elternratsvorsitzende für unsere Schule kämpfte?

Oder weil wieder einmal jemand ausgerechnet meinem Kind Steine in den Weg legen musste?

Hatte nicht gerade vor einem halben Jahr die Landesregierung die Inklusion eingeführt, die es ALLEN Kindern ermöglichen sollte, eine normale Schule zu besuchen?

Ich hatte einfach keine Lust mehr mir irgendwelche Behördenwillkür gefallen zu lassen!

Da kam mir der Zufall in Form einer guten Beziehung zu Hilfe.

Unser Ortsbürgermeister hatte gute Beziehungen in die Regierungskreise unserer Landesregierung.

Wenn man schon Freunde hat, warum soll man das dann nicht nutzen?

Andere berufen sich ja auch nur auf ihren Posten.

Es dauerte jedenfalls keine zwei Tage, bis ich einen Anruf bekam, in dem mir ein total entsetzter Dezernent mitteilte, ich müsse nun doch nicht in die Behörde kommen, er müsse sich erstmal Rechtssicherheit verschaffen und würde dann bei uns in der Schule vorbeikommen.

Das Gespräch fand statt. Auch hier versuchte er mir klar zu machen, dass mein Weg wohl nicht der beste wäre.

In der Nachbargemeinde gäbe es doch eine Schule mit Förderbedarf.

Doch, auch wenn sich manche Leute das schwer vorstellen können, ich hatte mir ja etwas dabei gedacht, als ich Patrick in die dritte Klasse unserer Schule einschulen wollte.

Schließlich ist er Autist und alles Neue und Fremde eine riesige Hürde für ihn.

Hier in der Schule kannte er alle Kinder und Lehrer und auch die Schule schon sein Leben lang, außerdem hatte er seine Schwester Tomke als Unterstützung!

Das leuchtete dann wohl auch ein. Schließlich, durch Druck von oben und Unnachgiebigkeit von mir, bekam ich die Zustimmung!

Patrick besucht die neue Schule jetzt seit knapp zwei Monaten und aus einem unzufriedenen, störenden Sonderschüler, der nach vier Jahren noch nicht das Alphabet konnte und nur bis zwanzig rechnen durfte, war ein stolzer Junge geworden ,der sein erstes eigenes Märchen geschrieben hatte, in der Mathearbeit mit einer guten drei nach Hause kam und sich hier mit seiner Schwester anfing auf englisch zu unterhalten!

Manchmal muss man eben auch Beziehungen nutzen!!

Ich freue mich jedenfalls für Patrick, dass ich es geschafft habe.

Irgendwie anders

Die Welt, wie ihr sie seht,
in meinen Kopf nicht geht.
Ihr singt, ihr weint, ihr lacht,
warum ihr das nur macht?

Ich schau euch an, ich denke nach,
bei mir ist alles anders, ach!
Versuche ja mich anzupassen,
doch dafür müsst ihr mich auch lassen!

Die Welt ist rund,
die Welt ist bunt,
die Vielfalt ist s, die sie belebt,
Verständnis ist s, wonach hier strebt,

ein Mensch, der anders ist als ihr,
der oft das nicht versteht so hier,
doch wohn auch ich in dieser Welt
und Gott ist s, der uns alle hält!

***

Und dann sind da immer wieder, wie ein Blitz aus heiterem Himmel, die unverblümten Wahrheiten, die unsere Kinder uns an den Kopf schmeißen und die jeder Mutter sofort die Schamesröte ins Gesicht treiben. Weltmeister solcher, immer zur (un-)passenden Zeit losgelassener Sprüche ist ohne Zweifel Steffen.

Schon als ganz kleines Kind nie um eine Antwort verlegen, treibt er mich heute, mit seinen dreizehn Jahren schon voll in der Pubertät, oft zum Wahnsinn mit seinen endlosen, nutzlosen, einsichtslosen und für mich leider auch aussichtslosen Diskussionen.

Doch als er klein war konnten, zumindest die anderen, oft über seine Sprüche schmunzeln und mir sind darüber schon etliche graue Haare gewachsen.

So saß ich zum Beispiel mit dem damals knapp zwei Jahre alten Steffen im Wartezimmer meiner Frauenärztin. Das Zimmer war voll bis unters Dach, als Steffen mit klarer und kindlich lauter Stimme verkündete, wobei er auf die Dauerwelle meiner Nachbarin deutete, welche gewiss eine Menge Zeit und Geld dafür beim Friseur gelassen hatte, „Mami, die Frau hat heute morgen aber auch vergessen, sich zu kämmen!"

Beifälliges Gelächter von allen Seiten, nur meine Nachbarin guckt, scheinbar teilnahmslos, angestrengt weiter in ihr Frauenmagazin und ich versuche meinem Kind im Flüsterton zu bitten, solche Bemerkungen in Zukunft doch besser zu unterlassen.

Etwas später im Kindergarten waren es dann die Erzieherinnen, die sich mit den „Weisheiten" meines Sprösslings rum schlagen mussten. Für alle Kinder war im Hof ein kleiner Parcours aufgebaut worden, über den die Kinder mit Rollern hinweg kommen sollten. Einige Hindernisse mussten umfahren werden, es gab aber auch Stellen, an denen der Roller über aufgemalte, imaginäre Hürden hinüber getragen werden musste. Ein großer Spaß für all die Kleinen. Mit Begeisterung rollerten sie los, auch Steffen. Bis zu genau dem Moment, wo eine Erzieherin ihn auffordert, seinen Roller über das aufgemalte Hindernis zu heben, hier läge nämlich Brett auf der Strasse über das man nicht fahren könne.

„Da liegt aber ja gar kein Brett!"

„Nein, wir tun auch nur so als ob, sonst wäre das zu gefährlich."

„Aber, wenn da kein Brett liegt, brauche ich auch meinen Roller nicht drüber zu heben!"

„Du kannst es aber doch mal versuchen, die anderen Kinder machen es ja auch."

„Ich mach es aber nur, wenn da wirklich ein Brett liegt!"

….Die Diskussion geht weiter und Steffen als Sieger daraus hervor. Mittags erzählt mir die Erzieherin die Geschichte und bemerkt, dass ihr so etwas in ihren ganzen vierzig Dienstjahren noch nie passiert wäre. Ich kann sie gut verstehen!

Ein anderes Mal sind wir mit den Kindern den ganzen Tag durch einen Märchenwald gelaufen, haben gepicknickt und auf Spielplätzen getobt und waren eigentlich alle ziemlich erschossen und müde. Die Kinder dadurch auch etwas quengelig, da beging mein Mann den fatalen Fehler, auf dem Heimweg an einem Supermarkt anzuhalten, um schnell noch etwas Brot und Wurst für das Abendessen mitzunehmen. Wir schieben also sieben müde, nörgelnde Kinder im Schlepptau den Einkaufswagen durch die Gänge, als Steffen vor einem Regal mit Pommes und Pizza und anderen Leckereien stehen bleibt und quengelt, weil er davon etwas mitnehmen möchte.

Nein, es blieb dabei, wir wollten nur Brot und Wurst kaufen.

Nicht mit mir, denkt Steffen, damals wie heute kleiner und schmaler als alle anderen Kinder, und ruft laut und vernehmlich, und im Supermarkt schallt es ja immer so schön: „Das ist so gemein, nie bekommen wir etwas warmes zu essen!"

Fluchtartig verließ mein Mann den Supermarkt, ich hielt es damals auch schon für klüger mich den „Ärzten" anzuschließen und zu denken „Lass die Leute reden und lächle einfach mit...."

Ich war aber im Umgang mit solchen Fallstricken ja auch schon alltags erprobt.

Doch es ist natürlich nicht nur Steffen, der einen da immer wieder bloßstellt. Wenn es darum geht anderen, besonders Mama, Komplimente zu machen übertreffen sich die Kinder gegenseitig.

Steffen, noch nicht mal in der ersten Klasse, verkündet zu hause stolz, er wisse jetzt, wann der erste Mensch auf dem Mond gelandet sei, nämlich 1869(!)

„Genau in dem Jahr, Mami, in dem du auch geboren bist!"

Na, da habe ich mich doch wenigstens gut gehalten!!

Merle denkt, was Steffen kann, das kann ich auch, und verkündet:

„Mami, wenn ich mal groß bin, dann werde ich genau wie du entweder Tierärztin oder Putzfrau(!)"

Daran musste ich dann schon etwas länger knabbern, aber schließlich denke ich mir, wenigstens einer, der erkennt, was ich hier den ganzen Tag so mache.

Patrick beweißt dann seine Welterfahrenheit bei unseren Nachbarn. Als er gefragt wird, ob er nicht Lust hat, beim Garten harken oder Auto waschen zu helfen, antwortet er, wie aus der Pistole geschossen, „Nee, das ist doch Frauenarbeit, das mache ich nicht!"

Keine Ahnung, wer ihm da als Vorbild gedient hat.

In letzter Zeit gab es bei Patrick in der Schule Differenzen mit der neuen Direktorin, mehrfach habe ich mit ihr telefoniert, aber irgendwie kamen wir nicht auf einen Nenner.

Deswegen musste ich mich zu hause bei den Hausaufgaben immer wieder ziemlich aufregen und leider, Asche auf mein Haupt, habe ich mich wohl auch vor Patrick ziemlich abfällig geäußert. Am nächsten Tag in der Schule, aufgefordert seine Hausaufgaben vorzuzeigen, antwortete Patrick prompt: „Die habe ich nicht gemacht, Mama hat gesagt, sie könne kotzen!"

Okay, er hat Recht, ich habe das gesagt, aber doch nicht zum Weitergeben, andersrum, Kindermund tut Wahrheit kund, sagt schon ein sehr altes Sprichwort.

Besonders nervenaufreibend ist es auch mit sieben Kindern und einem Mann einkaufen zu gehen.

Ich habe das in den letzten fünfzehn Jahren sehr oft leidvoll erfahren, sodass ich heute, Milan ist ja auch schon groß und vormittags aus dem Haus, nichts entspannender finde, als vormittags in Ruhe und ohne Anhang meine Einkäufe zu erledigen. Manchmal kann ich mir dann einen mitleidigen Blick auf andere gestresste Mütter, die diesen Luxus noch nicht haben, nicht verkneifen.

Prima für meine vorzeitige Nervenalterung waren vor allem die wochenendlichen Großeinkäufe mit allen Mann im Einkaufszentrum, die gibt es nämlich sogar hier bei uns in Ostfriesland.

Wir „bewaffneten" uns dann mit zwei Einkaufswagen und teilten uns danach auf. Mein Mann machte sich mit den beiden großen Mädels, schnurstracks und zielstrebig auf den Weg, die notwendigen und unverzichtbaren Dinge in seinen Wagen zu laden, während es mir überlassen blieb, das „Kleingemüse", immerhin fünf an der Zahl, in und um meinen Einkaufswagen zu scharren und mich, deutlich gebremst vom ständigen Gequengel,

Gestreite, Gebettel und Gezappel der Kinder, auf die Suche nach vielleicht auch nicht ganz unwichtigen Kleinigkeiten und Angeboten zu machen.

Schwierig wurde es, wenn wir uns irgendwo im Laden begegneten, denn oft wusste man dann nicht mehr, bei wem die einzelnen Kinder nun weiter mitgegangen waren. So kam es, dass wir eines Tages mal an der Kasse wieder zusammentrafen und ein geübter Blick von mir genügte, um festzustellen, dass hier einer fehlte, und zwar Steffen.

Jeder von uns hatte gedacht, er sei bei dem anderen.

Ich schickte also die beiden Großen los durch die Gänge, mein Mann machte sich mit seinem Einkaufsteil auf den Weg zum Auto, vielleicht war Steffen da ja schon angekommen, und ich suchte mit den restlichen Kindern und meinem Einkaufswagen im Schlepp ebenfalls die endlos vielen Supermarktsgänge ab.

Nachdem wir, die Mädels und ich, uns zum dritten Mal erfolglos getroffen hatten, schickte ich sie mit dem Einkauf und ihren kleinen Geschwistern zu meinem Mann nach draußen zum Auto. Ich selbst machte mich auf den Weg zur Information.

Jeder kennt gewiss die Durchsagen, „der kleine …. Sitzt an der Info und wartet auf seine Mama!".

Genau, wie viele andere Menschen sicher auch, habe auch ich bisher immer gedacht, wie kann man nur sein Kind verlieren! Doch man kann!

Kurz darauf ertönte also die Durchsage: „Steffen H… soll bitte zur Information kommen, seine Mutter sucht ihn."

Peinlich, aber nötig, doch leider ohne Erfolg! Trotz dreimaligen Aufrufs, tauchte mein Sohn nicht auf. Ich war derweilen die anderen Läden in der Einkaufspassage erfolglos abgelaufen. Was blieb mir anderes übrig als zum wer weiß wievielten Mal durch die Gänge des Einkaufszentrums abzulaufen. Da endlich, zwischen den ganzen Regalen mit Zeitschriften und Magazinen, am Boden hockend, ein Mickey-Maus-Heft auf dem Schoß saß völlig in die Lektüre vertieft, Steffen!

Keine Ahnung, warum ihn da noch keiner von uns entdeckt hatte. Wahrscheinlich verschwand er einfach zwischen den vielen Beine der anderen Kunden.

Total erleichtert, aber auch am Ende meiner Nerven, fragte ich meinen wieder gefundenen Sprössling, ob er denn die Lautsprecherdurchsagen gar nicht gehört hätte.

„Doch!", die prompte Antwort des nie verlegenen Steffens, „Ich habe mich auch schon gewundert, dass noch jemand Steffen H…. heißt!" Prima!

„Kindermund tut Wahrheit kund"

Ganz galant
Doch uncharmant
Unverblümt
Auch wenn berühmt

Niemals still,
wenn man es will,
laut und hell
und furchtbar schnell

angstschweißtreibend
herzstehnbleibend
dich dem Spott der Andern zeigend
niemals aber lieb und schweigend.

So sind unsre Kleinen,
wer kann da noch meinen,
Eltern hätten s niemals schwer,
wer hat Mitleid, bitte sehr?

***

Kleine Kinder kleine Sorgen, große Kinder…
Oder, wer kam eigentlich auf die abwegige Idee, Kindern zu erzählen, dass man mit achtzehn Jahren erwachsen sei???
Solange die Lieben noch klein sind, wünschen sich wahrscheinlich viele Eltern, dass ihre Kinder endlich groß werden mögen, doch och gebe euch den guten Rat, freut euch nur nicht zu früh!
Sobald man nämlich glaubt, die schlimmste Zeit der durchwachten Nächte, der stinkenden Windeln, der endlosen Reihen Babygläschen, des Trotzalters, der Warum-Fragen und der aufgeschlagenen Knie hinter sich gelassen zu haben, kommt, schneller als man es je für möglich gehalten hätte, die Zeit in der die Kinder zwar immer noch klein sind, die Eltern aber plötzlich peinlich werden, die Kinder grundsätzlich alles besser wissen und ganz bewusst ständig das Gegenteil von dem tun, was die Eltern ihnen sagen.
Kurz es beginnt die Pubertät!
Angefangen haben unsere beiden großen Töchter Lisa und Jana.
Waren sie gerade noch unsere großen und vernünftigen Töchter, auf die ich mich immer und zu jeder Zeit, gerade auch bei der Betreuung ihrer kleinen Geschwister, verlassen konnte, so wurden sie erst dauermüde, dann schnippisch und irgendwann „größenwahnsinnig" in ihrer Meinung, jetzt seien sie erwachsen und bräuchten sich nichts mehr sagen zulassen.

Proportional zu diesem Größerwerden sinken denn dann auch die Leistungen in der Schule und die vorher selbstverständliche Bereitschaft in der Familie mitzuhelfen. Dafür steigt die täglich im Badezimmer verbrachte Zeit, zumindest bei Mädchen, bei Jungen entwickelt sich diese eher umgekehrt proportional, ins Grenzenlose.

Eigentlich hätte ich ja wissen können, was mich da so erwartet, schließlich bin ich ja selbst mal in dieser Phase gewesen und man tut stets gut daran, sich so etwas immer wieder ins Gedächtnis zu rufen. Die eine oder andere Eskalation gab es trotzdem.

Da war zum Beispiel dieser in meinen Augen schreckliche Tag in einem Elektronikfachmarkt. Angefangen hatte alles schon einige Monate vorher. Lisa musste aufgrund einer Hauterkrankung vier Wochen in Kur fahren. Damit man sie jederzeit erreichen konnte, kaufte mein Mann, ganz gegen seine sonstige Überzeugung, dass aller neumodische Krempel unnütz und telefonieren sowieso viel zu teuer sei, zwei Handys. Eigentlich war Lisa ja auch ganz froh darüber, nur hätte sie es lieber etwas moderner gehabt, als dieses, durchaus praktische und zum telefonieren sicher ausreichende Ding, was Papa da gekauft hatte, aber sei es drum.

Nun war Lisa zwar schon fünfzehn und damit ihrer eigenen Überzeugung nach schon fast erwachsen, aber doch noch nicht groß genug, um alleine von unserem Kleinstadtbahnhof aus zur Sammelstelle nach Bremen zu fahren. Also machte ich einen Familien-Bahn-Ausflug daraus. Schade nur, dass die vier Kleinen, Steffen und Jana waren bei einer Freundin untergekommen, gerade an diesem Tag eine Magen-Darm-Grippe bekommen hatten. Es trübte mein Vergnügen an der Bahnfahrt mit vier Kindern und einem Säugling, Milan, im Kinderwagen doch ein wenig, dass ich ständig damit beschäftigt war, Windeln zu wechseln oder Spucktüten bereit zu halten.

Ansonsten kamen wir glücklich in Bremen an, Lisa in die Kur und wir alle erschöpft wieder nach Hause.

Nun aber war Lisa in den vier Wochen der Kur auf den Geschmack eines Handys gekommen und wollte nach ihrer Rückkehr partout ein neues, modernes Handy haben.

Papa wurde also bearbeitet, das „alte" Handy grOßzügig an Jana weitergereicht und dann nährten wir uns jenem, anfangs erwähnten, Tag im Elektronikfachmarkt.

Natürlich ist jeder Einkauf bei uns so etwas wie ein Großausflug und es bedarf schon eiserner Nerven, sich mit sieben Kindern in ein Kaufhaus mit durchaus auch zerbrechlicher Ware zu begeben. Mein Mann stellte es immer sehr geschickt an, sich schnell nach etwas ganz enorm wichtigen umzusehen, natürlich allein. Also ging ich mit Lisa und der restlichen Meute in die Handy-Abteilung. Zwar hatte Lisa eine sehr klare Vorstellung, von dem, was sie auf jeden Fall nicht haben wollte, leider aber keine Ahnung, was es denn für ein Handy sein sollte, noch worauf man dabei achten musste. Nach nervenden zwanzig Minuten ratlosem vor dem Regal Stehens, nahm ich unsere Tochter, meinen wiederholten Aufforderungen doch endlich zu einem Verkäufer zu gehen, um sich beraten zu lassen, war sie leider nicht gefolgt, am Arm und ging mit ihr zusammen zu einem der überall herum stehenden jungen Verkäufer, der sicherlich weit mehr Ahnung von Handys hatte, als meine doch schon so erwachsene Tochter und ich zusammen. Er sollte uns helfen, ein Handy zu finden, das den Erwartungen unserer anspruchsvollen Tochter genügen könnte, aber dennoch für unseren Geldbeutel erschwinglich wäre. Keine gute Idee!! Gerade bei dem Verkäufer angekommen, machte sich Lisa von meinem lockeren Griff, schließlich hatte ich sie ja nur hier hin dirigieren wollen, los, stürmte durch den Laden zum Ausgang und schrie dabei, ihr acht Monate alter Bruder hätte es nicht besser oder lauter gekonnt, „Du bist echt bescheuert!"…

Kein Zweifel, wer hier gemeint war!!

Dumm nur von mir zu glauben, mein Mann, nachdem wir alle wieder ziemlich erregt im Auto saßen, würde nun seiner Tochter klar machen, dass man, selbst, oder erst recht, nicht mit fünfzehn Jahren, so nicht mit seiner Mutter redet.

Das wütende, heulende Töchterlein in den Arm nehmend, ging er in den Laden zurück, diesmal auch sich selbst damit befassend, und kaufte ihr, es

dauerte ungefähr eine Stunde, das verlangte Handy!
Patchwork halt!!
Jana, immer schon zurückhaltender, kam mit
deutlich weniger Auseinandersetzungen durch
diese Zeit.
Steffen ist gerade voll mitten drin. Schlafen am
liebsten bis mittags um zwei, null Bock auf gar
nichts, außer „WhatsApp" und Fernsehen, für die
Schule tut man erst etwas, wenn es blaue Briefe
regnet, und „leider" ist er eigentlich so gut, dass es
für ihn dann immer noch reicht, kleine Geschwister
sind lästig und am besten ärgert man sie den
ganzen Tag und Mütter haben eh keine Ahnung!
Also kurz und gut ein echter „Kotzbrocken", aber
ich weiß ja, ich habe schließlich einen kleinen
Bruder und habe ihn in diesem Alter noch klar vor
Augen, verpennt, lange Haare und mittags in
Boxershorts am „Frühstückstisch"(!), es wird auch
wieder besser, aber es dauert!

Pubertät ist,
wenn Eltern sich bei ihren Eltern
für genau diese Zeit entschuldigen!!

Doch hat man die Zeit der Pubertät hinter sich gelassen, kommt es erst richtig dicke! Da hat Jana, unsere zweitälteste, nun endlich ihr Abitur in der Tasche und weiß auch, Gott sei Dank, denn das ist durchaus nicht selbstverständlich, was sie damit anfangen will, da tun sich die Schwierigkeiten auch schon auf.

Da sitze ich also mit Jana und ihrem Freund festlich gekleidet bei ihrem sehr pompösen Abiball und lasse mir das Buffet schmecken. Vor dem Dessert wage ich die Frage, wie weit sie denn mit ihren Studienbewerbungen sei. Oh, kein Problem, bekomme ich zur Antwort, die würde sie demnächst losschicken. Demnächst??

„Kind, du weißt schon, dass man für so eine Bewerbung eine beglaubigte Kopie des Abiturzeugnisses braucht und dass in zwei Tagen alle Schulsekretariate wegen der Sommerferien schließen?"

Nein, nein, bekomme ich zur Antwort, jetzt im Zeitalter des Internets, ich komme ja auch noch aus der Steinzeit, ist das alles nicht mehr nötig, da gibt man die Unterlagen einfach nur noch online ab. Ich hege da so meine Zweifel und bestehe darauf, dass Jana sich gleich am nächsten Morgen, oder, bis sie dann mal ausgeschlafen hat nach dem Ball, am Mittag, in der Schule erkundigt.

Welch ein Gerenne und welch eine Hektik, als sich am nächsten Tag heraus stellt, wen wundert es, dass auch heute den Universitäten kein selbst vorgenommener Eintrag im Internet reicht, sondern, oh wie unmodern, auch heute noch eine beglaubigte Kopie des Zeugnisses her muss.

Jana schaffte es aber noch rechtzeitig die Bewerbungen loszuschicken und nun begann das Warten.

Und Warten kann so gemütlich sein!

Natürlich könnte man in den Monaten, und es sind etliche, zwischen den Abiturprüfungen und dem Beginn des Studiums sich einen Job suchen, um Geld für den Umzug, die neue Wohnung oder sonstige zum Studium notwendige Dinge zu verdienen, aber....Mütter können schließlich nicht immer Recht behalten....es gibt ja so viel Dinge, auf die man erstmal angestrengt warten muss!

Da ist als erstes die Verkündung der Abiturnoten, damit man erstmal sicher sein kann, es geschafft zu haben, danach wartet man auf die Vergabe des Zeugnisses, denn schwarz auf weiß ist doch noch sicherer, dazwischen liegen natürlich immer einige Wochen.

Dann lohnt sich die Jobsuche auch erstmal nicht, denn als nächstes muss so ein gestresster Abiturient sich das passende Outfit für den Abiball suchen, die Bewerbungen an die Uni wegschicken, damit Mami nichts zu nörgeln hat, und dann erstmal nach Spanien fahren, zusammen mit den Schulkameraden, schließlich haben die dazu auch allen Grund, denn die gemeinsame Abschlussfahrt nach London ist schon mehr als drei Monate her und so jung kommen wir schließlich nicht mehr zusammen!

Dumm, wer glaubt, sich in dieser Zeit um einen Job bemühen zu müssen!

Als endlich auch dieser Punkt „abgearbeitet" ist, bleiben noch zwei Monate bis zum Semesteranfang, lohnt es sich da überhaupt noch? Na, mal warten, vielleicht kommt ja der passende Job für mich hier zu Hause vorbei, solang schlafe ich erstmal nach den Anstrengungen der letzten Zeit richtig aus, denkt Jana, und freut sich, dieses Problem, so einfach gelöst zu haben.

Schlecht nur, wenn man, wie wir, im tiefsten Ostfriesland auf einem kleinen Dorf wohnt. Hier ist der vorbeikommende Menschenstrom sehr überschaubar und ein „Jobangebotsüberbringer" ist selten dabei!

Nun denn! Jetzt im August kommen ja auch schon die Rückmeldungen der Universitäten, so dass man wieder genug mit dem Warten zu tun hat.

Nach einigen entmutigenden Absagen, dann endlich die Zusage für einen Studienplatz aus Hildesheim.

Gleich auch wieder die drängende Mutter, sich sofort auf die Suche nach einem Zimmer zu begeben. Dies wird dann auch gemacht, schließlich steigt die Quote der Male, in denen die Mutter Recht behalten hat, von Mal zu Mal.

Die Kinder sind ja groß und mit ihrem Freund auch zu zweit und voll motorisiert, also kann man die Wohnungsbesichtigung getrost in ihre Hände legen, dachte ich jedenfalls.

Doch unverhofft, kommt oft!

Ich sitze, am Tag bevor Jana mit ihrem Freund nach Hildesheim fahren wollte, um sich die ersten Zimmer anzusehen, nichts böses ahnend im Gemüsegarten und versuche der alljährlichen Unkrautplage Herr zu werden, als plötzlich eine ziemlich verheulte und kleinlaute Jana vor mir auftaucht.

Ausgerechnet zu diesem, überaus ungünstigen Zeitpunkt, hatte sie sich mit ihrem Freund überworfen, so dass beide der Meinung waren die Beziehung sei am Ende und der Freund, nicht ganz unverständlicher Weise, natürlich keine Lust mehr verspürte, am nächsten Tag mit ihr nach Hildesheim zu fahren.

„Kein Problem, liebes Kind, ich hatte mich ohnehin schon gefragt, wie ich morgen nach acht Stunden Brötchen verkaufen, dies ist seit nun mehr dreizehn Jahren meine Wochenendbeschäftigung, doch dazu an anderer Stelle mehr, meinen Sonntag Nachmittag wohl verbringen sollte. Also warum nicht einmal, statt mit Merle in einer zugigen Reithalle zu stehen und beim Voltigieren zuzusehen, so sehen meine Sonntag Nachmittage nämlich für gewöhnlich aus, einmal in das 250km entfernte Hildesheim fahren und schauen, wie dort die Studenten so leben. Schließlich ist es ja gerade im August, dem Haupttreisemonat, sonntags nachmittags auf deutschen Autobahnen immer besonders (ent-)spannend!!

So saß ich also am nächsten Tag um drei Uhr im Auto und machte mich mit Jana auf den Weg.

Dummer Weise war ich dem fatalen Irrtum erlegen, in Bezug auf die Fahrstrecke wäre nichts besser, als meinem Mann, einem gestanden Berufskraftfahrer, zu vertrauen. Der sollte doch wissen, wo es am besten lang geht. Doch so ganz oft war er wohl doch noch nicht von Ostfriesland nach Hildesheim gefahren, und wenn doch, jedenfalls nicht an den Wochenenden, wo in NRW die Sommerferien zu Ende gingen und Gott und die Welt auf der A1 unterwegs waren.

Der gesamte Reiseverkehr von Nord- nach Süddeutschland sammelte sich, so schien es mir wenigstens, ausgerechnet an der Stelle und zu dem Zeitpunkt an der A1 bei Osnabrück, als auch wir dort vorbei wollten.

Der Rest der Fahrt über Landstrassen zog sich wie ein endlos langes Kaugummi und in Hannover war auch noch das Autobahnkreuz Richtung Hildesheim gesperrt. Wenigstens hier konnte ich schnell Abhilfe schaffen, denn nicht umsonst hatte ich ja jahrelang in Hannover studiert und gewohnt. Die Termine für die Wohnungsbesichtigungen schob Jana von Stunde zu Stunde per SMS immer weiter nach hinten, doch um sieben Uhr abends hatten wir unser erstes Ziel in Hildesheim dann tatsächlich erreicht.

Das Zimmer in der ersten WG war auch wirklich sehr schön und gemütlich in einer Hinterhauswohnung gelegen. Mit einem Holzbalkon zum Hof raus, einer auch ansonsten sehr nett eingerichteten Wohnung mit

Einbauküche, Laminatfußboden und zwei sehr freundlichen, hilfsbereiten Mitbewohnerinnen. Diese beiden studierten auch, genau wie Jana es vorhatte, Lehramt, waren allerdings schon ziemlich weit, so dass sie Jana auch einige sehr brauchbare Tipps geben konnten.

Wir kamen überein, dass die beiden sich noch an diesem Abend entscheiden und melden würden, ob Jana das Zimmer haben könnte.

Frohen Mutes, weil das ja schon ein sehr viel versprechender Anfang gewesen war, machten wir uns auf den Weg zur nächsten Wohnung.

Hier kam, was ich eigentlich von Anfang an erwartet hatte, die typische Studenten-WG.

Vierter Stock und ein Treppenhaus, durch das man noch nicht mal einen Schreibtischstuhl hätte hoch tragen können. Oben öffnete uns ein junger Mann, der uns das Zimmer zeigte, es war tatsächlich dreieckig! Er meinte, das würde doch mal echt was hermachen, oder?? Ich überlegte derweilen, wo man am besten dreieckige Schränke herbekäme. In der Küche hatte jeder der Bewohner etwas beigesteuert, Herd oder Kühlschrank oder der Gleichen, und jeder, so schien es jedenfalls, hatte seinen eigenen Stuhl mitgebracht. Das Herzstück der Wohnung war aber, wie uns stolz berichtet wurde, das Wohnzimmer. Hier hatte jeder wohl einmal auf dem Sperrmüll nach einem Sessel gesucht, ein Tisch, ein Klavier, ein Fernseher mussten aber auch noch unbedingt rein, sodass man schließlich den hinteren Sessel nur noch durch Klettern erreichen konnte.

Mindestens eine der Bewohnerinnen musste eine Kunststudentin sein, denn ihre Werke schmückten jede Wand, buchstäblich, denn sie hatte sie direkt auf die Selbe gemalt. Geschmackssache! Womit ich nicht sagen will, dass sie schlecht waren, nur als Wandverkleidung wären sie mir persönlich etwas zu bunt gewesen.

Ziemlich ernüchtert machten wir uns auf den Weg zur dritten Wohnung. Es war inzwischen viertel nach acht und ich seit vierzehn Stunden auf den Beinen, so war es vielleicht verständlich, wie erleichtert ich war, als kurz vor dem Erreichen der letzten Wohnung, Janas Handy klingelte und sie die Zusage für das erste Zimmer bekam.

Sehr erbaulich für mein besorgtes Mutterherz, denn dahin konnte man sein Kind schon ruhigen Gewissens ziehen lassen. Außerdem konnten wir uns nun auf den Heimweg machen!

Diesmal nahmen wir die Strecke, die mir mein Handy freundlicher Weise empfahl. An einem Autohof im schönen Allertal, dort habe ich damals nach meinem Studium zwei Jahre gewohnt, hielten wir an, um uns kurz mit einer Pizza zu stärken. Den ganzen Nachmittag hatte ich mich schon ungefähr fünfundzwanzig Jahre zurückversetzt gefühlt und jetzt, wo wir in diesem doch noch sehr vertrauten Autohof saßen und uns über die Wohnung, den Umzug und das Studium unterhielten, dachte ich plötzlich erschreckt, wie alt ich doch geworden war, es kam mir vor, als wäre es erst gestern gewesen, wo ich mit meiner Mutter in Hannover nach einer Wohnung für mich gesucht hatte, und nun saß ich hier und war plötzlich selbst die Mutter, so schnell konnte es gehen!!

Im Oktober ist Jana dann mit Sack und Pack und Abschiedstränen nach Hildesheim umgezogen. Mit tatkräftiger und auch, Mütter behalten halt immer Recht, finanzieller Unterstützung unsererseits. Nun lernt sie, weit weg von zu hause, was es tatsächlich heißt, erwachsen zu werden. Aber genau das ist eine tolle Zeit!! Und die braucht man auch, auch die Entfernung, um wirklich selbstständig zu werden.

Vaterwerden ist nicht schwer,
Muttersein dagegen sehr

Nicht nur trägt man monatlang
Einen dicken Bauch voran,
nicht nur wacht man Nacht für Nacht
am Kinderbett, und wacht und wacht.

Nicht nur muss man Löcher stopfen
Beruhigend auf die Schulter klopfen.
Notarzt spielen, Krankenschwester,
Autowerkstatt, Computertester,
Taxifahrer, Oberlehrer,
Hausfrau und auch Dreck-weg-Kehrer.

Sind die Kinder endlich groß,
geht der Trubel richtig los.
„Fährst du mich und holst du mich?
Nachts! Ist kein Problem für dich?"

„Meinen Freund such ich mir selbst,
ist er weg, ich hoff, du hältst,
mich in Kummer und in Sorgen
fest in deinem Arm geborgen!"

Muttersein hört niemals auf,
denn so ist des Lebens Lauf!

***

Da sind auch immer wieder die vielen kleineren und größeren Unfälle der Kinder, die einen immer weiter auf Trab halten. Spitzenreiter in dieser Kategorie ist ganz ohne Zweifel Tomke!

Mit zwei Jahren kommt sie aufgeregt in die Küche gelaufen, weil ihre Nase so weh tut. Trotz intensiven Schauens kann ich aber nichts entdecken.

„Vielleicht ist das ja auch der Knopf da drinnen!",
meint mein naseweißes Töchterchen.

Knopf? In der Nase? Davon habe ich in meinen Anatomievorlesungen nie etwas gehört!

Ich gucke und sehe immer noch nichts.

„Doch, Mama, da ist ganz bestimmt ein Knopf. Ich habe ihn selbst hinein gesteckt!" „Prost Mahlzeit!"

Dann also mal wieder auf in Richtung Krankenhaus, es ist selbstverständlich schon wieder abends und jeder Kinderarzt sitzt längst gemütlich zu hause.

Die Ärztin in der Notaufnahme staunt nicht schlecht, als sie die Geschichte hört, aber zum Glück ist das Malheur schnell behoben. Es war ein kleiner Druckknopf, den sich Tomke da aus lauter Langeweile in die Nase gesteckt hat.

Das Resümee meiner welterfahrenen Zweijährigen, nachdem sie von der Ärztin zum Schluss aufgefordert wird, so etwas besser in Zukunft sein zu lassen:

„Nein, und auch nicht in die Ohren!", verspricht sie.

Beim nächsten Mal, gerade erst drei Jahre
geworden, und seit einigen Wochen mit in Merles
Volitgiermannschaft, will Tomke auf dem blanken
Rücken eines Pferdes meiner Bekannten vorführen,
wie gut sie schon voltigieren kann. Leider ist so ein
Pferderücken sehr rutschig, besonders, wenn man
noch so kurze Beine hat und sich nicht festhält.
Das Pferd macht eine plötzliche Wendung, Tomke
rutscht und knallt sehr unsanft mit dem Arm auf
den Boden.
Geschrei, Tränen und auf dem schnellsten Weg
nach hause.
Am Arm ist nichts zu sehen, doch abends im Bett
werden Tomkes Schmerzen heftiger. Also mache
ich mich doch noch auf den Weg zum
Krankenhaus.
Kommentar des besorgten Vaters: „Meinst du
wirklich, dass das jetzt nötig ist?"
Zwei Stunden später, der Arm ist eingegipst, eine
Fraktur des Handgelenkes diagnostiziert, meint
eben derselbe Vater: „Ich habe ja gleich gesagt, mit
so einem Sturz muss man zum Röntgen fahren!"
„Ja, ja, das sehe ich auch so!!"
Tomke ist froh, der Gips fällt im Kindergarten
schön auf, jeder bedauert sie, und einarmig
Rollerfahren und auf Bäume klettern, ist sowieso
viel spannender!
Dumm war nur, dass sie ihr erstes Voltigierturnier
verpasste, aber Merle siegte für sie mit!
Es wunderte mich also nicht mehr wirklich, als ich
eines Tages zur Schule kam, um Merle und Tomke

abzuholen, und mir schon auf dem Parkplatz viele Kinder aufgeregt entgegen gelaufen kamen und riefen, dass Tomke noch in der Schule sei, weil sie im ganzen Gesicht blute.

Auf das Schlimmste gefasst, ging ich nach ihr suchen.

Tomke kam mir mit blutverschmiertem Gesicht entgegen. Sie hatte sich auf dem Weg zum Parkplatz mit einem Klassenkameraden geschubst und war dabei in die frisch geschnittene Hecke gestürzt. Natürlich war sie so unglücklich gefallen, dass sie es geschafft hatte sich eine kurz geschnittenen Ast knapp unter dem Auge in die Haut zu Bohren.

Ich beruhigte die aufgeregte Lehrerin und machte mich dran mein Kind im Waschraum in einen etwas salonfähigeren Zustand zu versetzen. Dem Auge war, Gott sei Dank, nichts passiert.

Die Wunden waren noch nicht ganz verheilt, da kletterte Tomke auf einem Baum herum, rutschte ab, ausgerechnet an der Stelle, an der zuvor irgendwelche Kinder versucht hatten, den Baum mit unzähligen Nägeln zu verschönern.

Der ganze Bauch von Tomke war daraufhin mit blutigen Striemen überzogen.

Nase, Arme, Augen, Bauch,…da fehlte eigentlich nur noch die Lippe.

Also hüpft man wie wild mit seinem kleinen Bruder auf dem Trampolin herum. Der springt einem dann von unten genau in dem Moment mit seinem Kopf unter das Kinn, in dem man laut

singend den Mund aufreißt. Dann beißt man sich
garantiert so doll auf die Lippe, dass man dort ein
stark blutendes Loch zurückbehält.

Wenn dann tatsächlich mal alle Blessuren verheilt
sind, lässt sich Tomke bei einem Ponyspielturnier
von dem größten Pony weit und breit auf die Zehen
trampeln!!

Doch solche Missgeschicke passieren natürlich
auch mal den anderen.

Merle klettert für ihr Leben gerne in den Bäumen
herum.

Irgendwann sitzt sie drei bis vier Meter hoch in der
Krone, ruft und winkt fröhlich. Besorgt rufe ich ihr
zu, sie solle sich bloß gut festhalten.

„Tue ich doch, Mami!", ruft Merle zurück. Tut sie
tatsächlich, leider habe ich vergessen den Baum
auch noch zu ermahnen.

Denn genau in diesem Moment höre ich Holz
splittern und der Ast auf dem Merle gerade noch
fröhlich herum gewippt war, stürzt mitsamt Merle
in die Tiefe. Die Weide war zum Glück wieder mal
vom Regen total aufgeweicht, sodass nichts
Schlimmes passiert ist, doch der Schreck fährt
einem schon tüchtig in die Knochen!

Glückspilz oder Pechmarie…

Mancher hat sich schon gefragt,
was das Leben aus ihm macht.
Glückspilz oder Pechmarie,
so genau weiß man das nie.

Wichtig ist nur, dass man lacht,
und das Beste daraus macht.
Einer muss der Dumme sein,
doch damit ist er nicht allein,

denn aus Pleiten, Pech und Pannen
kann man immer etwas holen,
sollen die andren drüber lachen,
wir glauben ganz Gott befohlen,

dass am Schluss es glücklich endet,
und das Blatt sich auch mal wendet.
Schließlich ist das Leben schön
und so wollen wir es auch sehn!

***

Hier habe ich aber auch noch ein gutes Mittel, für alle, die unter nächtlichen Schlafstörungen leiden.

Wenn man einfach mal abends um neun todmüde ins Bett fallen und wie ein Stein bis zum nächsten Morgen durchschlafen möchte, heißt das Mittel der ersten Wahl „Ponyspielturnier"!

Dazu nimmt man ganz einfach acht Kinder zwischen sechs und zwölf Jahren und acht dickköpfige, selten gerittene und übermütige Ponys, packt diese zusammen mit zwei idealistischen, jungen Mädchen und der Trainerin ein und fährt zum zwanzig Kilometer entfernten Nachbarreitstall, und zwar samstags morgens um sieben Uhr!

Allein der Transport dahin ist schon eine logistische Meisterleistung, denn bereits beim Treffen morgens um halb sechs im Stall, stellt man fest, dass alle anderen Eltern, wahrscheinlich durch weise Voraussicht oder schmerzvolle Erfahrung geprägt, sich für diesen Tag andere Verpflichtungen organisiert haben.

Kommt man dann mit den Kindern und Ponys am Turnierplatz an, grenzt es an ein Wunder, wenn nicht schon in der ersten halben Stunde die Hälfte der unzähligen Taschen, Jacken, Putzkästen, Decken und Sattelsachen verloren oder durcheinander gebracht sind.

Gut, wenn dann jedes Kind schon mal auf seinem Pony in der Abreitehalle sitzt.

Aber dann füllt sich diese langsam, denn die anderen sechs Mannschaften mit jeweils auch vier Ponys und vier Kindern treffen nun ein. Man braucht schon eiserne Nerven, wenn dann zweiunddreißig Ponys mit eben so vielen Kindern in einer Reithalle durcheinander wuseln und dabei Auf- und Abspringen im Galopp üben.

Die Ponys, alle ohne Sattel, sind das auch nicht gewöhnt und reagieren oftmals recht unwirsch. Ich denke an diesem Tag hat ein ganzer Haufen von Schutzengeln alle Hände voll zu tun.

Dann geht es endlich los!

So ein Ponyspielturnier besteht aus zwei so genannten „Turniertagen", je einer vor- und einer nachmittags. Dabei wird durch das Los bestimmt, weiche Mannschaft gegen jeweils eine andere antreten muss. Damit gibt es dann vier Gruppen, die abwechselnd die verschiedenen Spiele gegen einander bestreiten müssen.

Da gibt es zum Beispiel das Slalomrennen, bei dem man im Slalom um Kegel herum reiten muss, auf denen Tennisbälle liegen, welche natürlich bei der kleinsten Berührung herunterfallen. Das ganze geht natürlich im Galopp und am Ende wird dem nächsten Reiter der Mannschaft der Staffelstab übergeben, und dieser rast los. Fällt ein Ball oder ein Kegel um, heißt es, runter vom Pony, das natürlich im Galopp, bremsen, die Unordnung beseitigen und, auch im Galopp, wieder rauf auf das Pony und weiter jagen.

Je länger die Kinder und Ponys schon dabei sind, desto besser wissen sie natürlich Bescheid, und manchmal kann man als Zuschauer gar nicht mehr entscheiden, ob die Kinder gerade auf, neben, oder unter dem Pony sind.

Weitere Spiele sind „Sackhüpfen", dabei stecken zwei Kinder mit je einem Bein in einem Sack und führen ihre, oft etwas störrischen Ponys, hüpfend hinter sich her, oder „Becherrennen", wo jedes Kind vom Pony aus einen Becher von einer Stange auf die nächste stecken muss, oder „Kartoffelrennen", da muss man am Ende der Strecke vom Pony runter, eine Kartoffel aus einem Eimer holen und diese dann im Galopp vom Pony aus in einen zweiten Eimer werfen.

Am spektakulärsten ist das „Fahnenrennen", bei dem eine flatternde, bunte Fahne vom Pony aus in einen mit Sand gefüllten Bottich gestoßen wird, man jagt weiter und zieht im Vorbeireiten eine neue Fahne aus einem anderen Bottich und übergibt diese, natürlich auch im Galopp, an den hinten wartenden nächsten Reiter.

Die Spiele laufen alle nach dem Staffelprinzip, die Mannschaft, die als erste mit allen vier Reitern durch ist, hat gewonnen und bekommt die Punkte. Es treten zwar immer nur zwei Mannschaften gegen einander an, aber auch schon dieses Gewusel von acht Kindern und acht Ponys ist unvorstellbar. Dazu kommen die Anfeuerungsrufe der Mannschaftskameraden und der Zuschauer, meist Eltern, die auch nicht rechtzeitig daran gedacht haben, sich einen Alibitermin für dieses Wochenende zu besorgen.

Es ist ein Höllenspektakel und ein Drunter und Drüber!

Der Ehrgeiz packt Kinder wie Ponys gleichermaßen und nicht selten kommen sie ins Ziel mehr geflogen als geritten!

Die Kinder, erpicht darauf den Staffelstab oder die Fahne möglichst schnell dem nächsten zuzuwerfen, die Ponys, froh bei den „Teamkollegen" gleich eine Vollbremsung machen zu können, sodass sich hinter der Ziellinie oftmals die Wege von Pferd und Reiter recht unsanft trennen.

Da wir mit zwei Mannschaften losgefahren waren, mussten wir zwischendurch immer noch den raus kommenden Ponys Decken und den Kindern Jacken überschmeißen, die Sieger beglückwünschen und die Verlierer trösten, darauf achten, dass man fremden Ponys, die eventuell treten könnten nicht zu nahe kommt, die nächste Mannschaft aber schon wieder in die Halle schicken und ihnen dort beistehen.

Das hält einen ganz schön auf Trab und man kommt schnell dahinter, warum solche Ponyspielturniere im eiskalten, regnerischen oder verschneiten Januar stattfinden. Es kann sich so nämlich keiner beschweren, dass ihn zu heiß geworden wäre.

Im Gegenteil, spätestens nach zwei Stunden merkt man weder seine Zehen noch seine Finger mehr, alles ist eingefroren.

Ist der erste Spieltag zu Ende, ist es Zeit für eine kleine Mittagspause.

Die Kinder plündern die mitgebrachten Taschen oder erwarten, dass man sich für sie in der ewiglangen Schlange vor dem Pommes-Stand anstellt.

Während die Ponys natürlich, um sich nicht zu erkälten, herum geführt werden müssen. Das übernehmen selbstverständlich die Eltern, die bis jetzt immer noch nicht das Weite gesucht haben.

Der Weilen vergnügen sich die Kinder, frisch gestärkt, in der Reithalle und spiele, je ein Kind nimmt ein anderes Huckepack, nun alleine Ponyspiele. Mag es tatsächlich noch ehrgeizige Eltern geben, die alles dran setzen würden, ihre Kinder auf dem Siegertreppchen zu sehen, spätestens hier in der Halle wird klar, die Kinder sehen das anders, für sie zählt nur der Spaß!

Bunt gemischt die Mannschaften und Vereine, toben die Kinder zu dem „Fliegerlied" durch die Reithalle, rennen, hüpfen, lachen um die Wette, vereint im Spaß an der Sache und in der Liebe zu ihren Ponys!

Schönere Bilder habe ich selten gesehen.

Dann geht der zweite Spieltag los, andere Mannschaften treten nun gegen einander an, und alle kämpfen um wieder um Punkte.

Bei allem Spaß passieren natürlich hin und wieder auch mal Unfälle.

So war eines unserer Mädels so erpicht darauf, die Fahne so schnell wie möglich ans Ziel zu bringen, dass sie sie vor Aufregung dem Pony um die Ohren schlug.

Das Pony, völlig entsetzt, bemühte sich bockend Fahne und Reiterin loszuwerden. Dies gelang ihm so schnell, dass die arme Reiterin in Rekordzeit im Ziel und am Boden landete.

Spielstopp, wegen Bergung eines „Unfallopfers". Natürlich eines der Kinder, bei dem die Eltern schon vorher genau wussten, warum sie nicht mitgefahren waren!

Wir brachten das weinende Kind zu unserem Auto, versorgten das etwas verwirrte Pony mit einer Aufsicht und regelten den Ersatz für die Mannschaft.

Da die Schmerzen stark zu sein schienen und, es war ja nicht unser Kind, niemand die Verantwortung übernehmen wollte, riefen wir schließlich den Krankenwagen.

Der besorgte Sanitäter tastete vorsichtig alle Knochen ab und wollte dann von dem immer noch schrecklich weinenden Kind wissen, wie stark die Schmerzen auf einer Skala von eins bis zehn denn wohl wären.

„Neun!", kam die geschluchzte Antwort sofort.

Der Sanitäter, doch etwas zweifelnd, meinte daraufhin: „Also neun wäre, wenn ich dir jetzt mit einer Säge den Arm abschneiden würde."

„Okay, sechs!", lenkte das nicht mehr ganz so laut schluchzende Kind bereitwillig ein.

Zur Sicherheit fuhren sie aber doch ins Krankenhaus und wir hofften, dass es uns irgendwie gelingen würde die Eltern zu verständigen.

Kaum kam ich zu den anderen Kindern zurück, entdeckte ich schon das nächste weinende Kind auf seinem Pony. „Mir ist so schlecht, ich habe Bauchweh!"

Gerade wollte ich sie zu unserem Auto schicken, da kam die Trainerin des Gastvereins, ein echtes Original, herzensgut, geradlinig und keinen Widerspruch duldend: „Was hast du denn? Bauchweh? Aber du kannst doch sicherlich weiter reiten, du bist nämlich jetzt dran und ich weiß genau, dass du jetzt gewinnen willst." Das nachgeschobene „oder?" war rein rhetorisch gemeint. Das Mädchen schniefte, wendete das Pony und folgte den Mannschaftskameraden tapfer in die Halle.

Abends um sechs Uhr war die Siegerehrung, unsere tapferen Mädels hatten einen stolzen dritten und einen achtbaren siebten Platz erreicht.

Zweiunddreißig Kinder und Ponys feierten sich in der Ehrerunde verdientermaßen selbst, und dann brachen wir auf.

Abends um halb acht sind dann endlich alle Ponys und Kinder wieder zu hause, versorgt und im Bett. Das Mädchen mit dem Sturz übrigens auch, es war zum Glück außer Prellungen nichts passiert.

Und ich weiß, morgen früh darf ich, Gott sei Dank, arbeiten gehe. Das ist nicht halb so anstrengend und stressig.

Dann schlafe ich fast schon im Stehen ein.

Ponyspiele

Ponyglück aus Kindertagen
Eltern, die sich manchmal fragen,
bin ich wirklich schon zu groß,
ist die Zeit für mich vorbei,
auf dem Ponyrücken bloß
Wettkampf ohne Streiterei?

Kinder, die ihr Glück kaum fassen,
Immenhof könnt grüßen lassen.
Ponys, wo man sieht und schaut,
hüpfen, rennen, spielen, lachen
jedes Kind, das sich hier traut
neidlos den Vergleich zu machen.

Wer wäre da nicht gerne Kind
Glücklich wie die Kinder sind!

***

Damit mir aber auch wirklich nicht langweilig wird, sollten die Kinder wiedererwartend mal keine Katastrophen verursachen, habe ich mir zur Vorsicht noch ein gutes Dutzend Tiere angeschafft.

Da sind zum Beispiel unsere Papageien und Sittiche, denen es bei uns in der Voliere vortrefflich gefallen muss, denn als mal einer von uns unachtsamer Weise dir Tür nicht fest verschlossen hatte, flogen die bunten Vögel plötzlich rund ums Haus in den Bäumen herum, doch die Mehrzahl kam auf Rufen und Locken tatsächlich wieder herunter und ließ sich zurück in die Voliere setzen. Aber so ist das ja mit den flügge werdenden Kindern auch oft, sie merken ganz schnell wie gut das Leben im „Hotel Mama" doch gewesen ist.

Dann haben wir „Hansi", den Wellensittich von Patrick, der am liebsten den ganzen Tag bei Patrick auf dem Kopf sitzen würde, weswegen Patrick sein Zimmer jetzt nur noch fluchtartig verlassen kann, damit der frei fliegende Hansi nicht hinter her kommt.

Für Patrick, der ja nach wie vor morgens schon in aller Herrgottsfrühe aufsteht, ist nun mit Hansi ein Traum wahr geworden, endlich hat er jemanden, mit dem er sich schon zu so früher Stunde unterhalten kann. Da Hansi auch fast genauso viel plappert wie Patrick, verstehen sich die beiden prächtig, außer wenn im Radio gerade Patricks Lieblingslied gespielt wird und Hansi, leider ziemlich falsch versucht mitzusingen, genauso wie

Patrick. Dann kann es schon mal sein, dass ich um fünf Uhr durch ein ziemlich lautes „Jetzt sei endlich still, Hansi!" unsanft aus meinen Träumen gerissen werde.

Dafür hat Hansi aber auch gelernt, Spielkarten umzudrehen, auf Piratenschiffen zu fahren oder über Eisenbahnschienen zu laufen, wobei er nicht immer wartet, bis die Schranken geöffnet werden, schließlich kann man ja fliegen.

Da ist auch unsere Straßentaube, die seit nun schon sieben Jahren bei uns wohnt und all ihre Mitbewohner, und es waren schon eine Menge, bislang überlebt hat.

Sie hat nur noch einen Flügel, der andere wurde ihr wohl mal durch einen Hund oder eine Katze ziemlich blutig abgetrennt, weshalb sie nicht mehr fliegen kann. Sie kam damals vor sieben Jahren immer wieder zu Fuß in die Bäckerei, in der ich am Wochenende arbeite, und nervte mich dermaßen, dass ich nach einer Stunde ständigen Wiederherausjagens zu meiner Kollegin sagte, dass ich der Taube nun entweder den Hals umdrehen oder sie in einen Karton packen und mit nach hause nehmen würde. Natürlich kam ersteres für mich nicht wirklich in Frage, so dass dieses langlebige Tier, wahrscheinlich ist sie heute die älteste Straßentaube Ostfrieslands, zwischenzeitlich glaubte, denn sie ist erstaunlich anpassungsfähig, sie sei ein Zwerghuhn, danach flirtete sie heftig mit Merles Kaninchen und heute lebte sie in der Papageienvoliere mit einer Wachtel zusammen und

hat damit alle Hoffnung, die sich unser
Pennantsittich nach dem Tod des
Wachtelmännchens auf dessen zurückgebliebene
Frau gemacht hatte, er wurde deswegen sogar zum
Bodenbewohner, zunichte gemacht. Der arme muss
sich jetzt doch wieder oben in den Zweigen zu
seines Gleichen gesellen.

Auch unsere Pferde und Ponys sind natürlich
immer wieder für Überraschungen gut.

Da war zum Beispiel „Rinaldo", das erste Pony,
was wir damals für unsere Kinder gekauft haben.

Als er zu uns kam, war er gut und gerne schon
zwanzig Jahre oder auch älter. Aber durch seine
Gutmütigkeit und seinen ponytypischen Dickkopf
hat er den Kindern eine Menge beigebracht.

Außerdem war er für jeden Spaß zu haben, lange
Spaziergänge mit Kinderwagen genauso wie Sankt-
Martins-Umzüge mit einer bunten Schar von
Laternen um sich herum.

Einmal aber, hatten wir uns wohl falsch verstanden.
Ich hatte die Ponys gerade auf eine andere Weide
gebracht, zuerst unsere beiden Stuten, und dann mit
unserer Tochter zusammen Rinaldo und den damals
ganz neuen Pascha geholt.

Pascha war noch nicht richtig in den
Herdenverbund aufgenommen und Rinaldo immer
sehr eifersüchtig auf die beiden Stuten bedacht.

Irgendwie hatte er wohl nicht gemerkt, dass die
beiden schon auf der anderen Weide waren,
jedenfalls muss er sie gesucht haben und bei Pascha

alleine wollte er nicht bleiben, also riss er sich von Jana los und galoppierte den Weg zurück.

Dummer Weise war es schon dunkel und Rinaldo war schwarz.

Nachdem ich Pascha schnell in die Wiese gesperrt hatte und Jana zum Aufpassen zurückließ, um nach den drei übrig gebliebenen Ponys zu schauen, machte ich mich sofort auf die Suche.

Leider war Rinaldo aber nicht einfach in die alte Weide zurückgelaufen, sondern musste irgendwo falsch abgebogen sein.

Das Unglückliche ist, dass man in Ostfriesland sehr umweltbewusst und sparsam ist, an den meisten Strassen hier im Dorf gibt es überhaupt keine Laternen, und dort, wo welche stehen, werden sie, aus Kostengründen scheint mir, immer erst spät ein, dafür aber wieder sehr früh ausgeschaltet.

Das führt dazu, dass hier, gerade im Winter, bei schlechtem Wetter im wahrsten Sinne des Wortes „rabenschwarze Nacht" herrscht, und das schon um sieben Uhr abends!

Wie soll man da also ein entlaufenes, ebenfalls schwarzes Pony finden?

Zumal auf den Wegen niemand anzutreffen ist, denn alle Ostfriesen wissen ja um diese gut gemeinte Dunkelheit und sitzen längst im Warmen bei einer gemütlichen Tasse Tee.

Nach etlichen vergeblich abgelaufenen Querstrassen, kam mir schließlich der Gedanke, einfach mal laut nach dem Pony zu rufen.

Und siehe da, auch Rinaldo schien sich im Dunkeln nicht ganz wohl zu fühlen, denn von sehr weit weg bekam ich ein Wiehern zur Antwort.

So rief ich also alle paar Meter seinen Namen und es gelang mir, mit durch die Dunkelheit geschärfte Sinnen, aus seiner gewieherten Antwort die Richtung zu bestimmen, in der ich ihn suchen musste. Mitten in den Feldern!!

Wir tasteten uns also langsam aufeinander zu, immer Rufen und Wiehern im Wechsel, und öfters mal von einem der unzähligen Entwässerungsgräben behindert, denen ich ausweichen oder durch die ich hindurchwaten musste.

Ein tolles Erlebnis, nachts, im Februar, bei aufgeweichtem Boden, andere machen für so etwas teure Survivaltouren!

Plötzlich sah ich in der Dunkelheit vor mir die Umrisse eines Ponys auftauchen. Ich glaube, am liebsten wäre mir Rinaldo genauso um den Hals gefallen vor Freude, wie ich ihm!

Aber wo waren wir jetzt eigentlich und vor allem, wie kamen wir hier wieder weg, schließlich konnte ein Pony nicht so ohne weiters durch die Gräben klettern. So irrten wir also langsam und mehrmals im Kreis laufend von Feld zu Feld, immer die Einfahrten der Trecker suchend.

Schließlich kamen wir von hinten an einem Garten an, der uns von der ersehnten Hauptstrasse trennte. Die Fenster im Haus waren erleuchtet, aber der

Garten, mit vielen Bäumen bewachsen, lag zum Glück in völliger Dunkelheit.

Ich hoffte also, es würde sich am nächsten Tag niemand allzu sehr über die Hufabdrücke im aufgeweichten Rasen wundern, und führte Rinaldo quer durch den Garten zur Strasse und dann endlich nach Hause.

Mittler Weile ist Rinaldo leider im Alter von fast vierzig Jahren friedlich eingeschlafen, aber diese Geschichte wird ihn mir für alle Zeit unvergessen machen!

Unvergessen, weil sehr schmerzhaft, auch das folgende Erlebnis mit meiner sechsjährigen Welsh-Cob-Stute, Piroschka.

Eine Seele von einem Pferd, ich habe sie schon als Absatzfohlen bekommen und eigentlich habe ich sie nie wirklich einreiten müssen. Alles, was ich ihr zeigte, machte sie sofort und bereitwillig mit, und merkte es sich einfach fürs nächste Mal. Selbst, wenn zwischen den Malen, wo ich Zeit fand sie zu bewegen, oft bis zu zwei Wochen lagen. Das ist bei uns kein Problem, da die Pferde sowieso Tag und Nacht auf der Weide laufen und sich so nach Herzenslust selbst bewegen können, und bei meinen vielen anderen „Hobbys", Kinder, Haushalt, Arbeit, etc., fehlt mir eines leider ständig, und das ist Zeit! Meinetwegen könnte ein Tag auch gut und gerne vierzig Stunden haben.

Piroschka läuft inzwischen, mit und ohne Sattel, mit und ohne Trense, mit mir oder auch mit Merle oder Tomke, brav jede Dressuraufgabe, auch mit

Seitengängen, und mit Merle jederzeit auch
Springen über die diversen, selbstgebauten
Hindernisse, die unsere Weide zieren.

Doch führt diese absolute Zuverlässigkeit leider
dazu, nur allzu schnell leichtsinnig zu werden, wie
ich am eigenen Leib schmerzhaft feststellen
musste.

Der letzte Sturm hatte einen unserer alten
Apfelbäume auf der Weide umgeschmissen. Da es
sich aber um einen sehr schönen und alten Baum
handelte und noch sehr viele Wurzeln fest in der
Erde steckten, wollten wir versuchen, ihn wieder
aufzurichten, in der Hoffnung, er habe dann Kraft
genug, um wieder anzuwachsen.

Doch obwohl es ein eher kleiner Baum war,
ungefähr drei Meter, war er doch viel zu schwer,
als das wir ihn so hätten aufrichten können. Was als
tun?

Pascha ist zwar mittlerweile ein routiniertes
Kutschpony, doch leider viel zu klein für so einen
Baum, also Piroschka!

Die hat zwar noch niemals etwas gezogen, doch sie
mach ja immer bei allem problemlos mit.

Das Kutschgeschirr von Pascha war natürlich viel
zu klein für Piroschka, also bastelte ich aus dem
Sattel und zwei alten Longen ein Zuggeschirr,
Halfter auf das Pferd, die Longen am Baum
festgebunden und fertig.

Nur wusste Piroschka gar nicht, was sie machen
sollte, wenn ich sie vorne am Halfter vorwärts

führen wollte, sie jedoch gleichzeitig von hinten von dem Baum festgehalten wurde.

Kein Problem, dachte ich, wenn ich mich draufsetze und treibe, läuft sie auf jeden Fall. Merle bekam also den Führstrick in die Hand und mein Mann hatte die Aufsicht bei dem Baum.

„Mami, willst du nicht besser eine Reitkappe anziehen?", fragten Merle und Tomke besorgt.

„Reitkappe? Die brauche ich doch nicht, nicht auf Piroschka!"

Ich stieg auf, ein leichter Schenkeldruck, ein aufmunterndes Schnalzen und Piroschka setzte sich in Bewegung. Unglaublich, was für eine Kraft in meiner gerade mal 1,50m großen Stute steckte! Der Baum, der sich bei uns kaum ein Stück vom Boden wegbewegt hatte, richtete sich nicht nur Stück für Stück auf, nein, er schnellte in die Höhe! Leider viel zu schnell für meinen Mann, um Stopp zu rufen, viel zu schnell für Piroschka, die nicht verstand, was da hinter ihr in die Luft schoss und leider auch viel zu schnell für mich, um zu erkennen, dass ich bei meinen Vorbereitungen leichtsinniger Weise ein ganz entscheidendes Detail vergessen hatte, nämlich die Bremse für mein Pferd in Form einer Trense mit Zügeln!!

So saß ich, als Piroschka nur noch den Gedanken verfolgt von den sie haltenden Longen loszukommen und diesen bedrohlich auf sie zu stürzenden Baum möglichst weit und schnell hinter sich zu lassen, auf ihr drauf, freihändig, ohnmächtig, handlungsunfähig und nur noch sehr kurz.

Merle hatte natürlich genauso wenig Chancen, Piroschka mit dem Halfter zu stoppen, wie mein Mann am anderen Ende der Longen am Baum und für mich ging sowieso alles viel zu schnell. Ich erkannte gerade noch meinen fatalen Fehler, als auch schon die Strupfen des Sattelgurtes den enormen Zugkräften meines Pferdes nachgaben und so der Sattel mit den Longen am Baum hängen blieb, ich krachend zu Boden stürzte und Piroschka, erleichtert der Gefahr entkommen zu sein, davon stürmte. Allerdings nur zwei Galoppsprünge, dann hörte sie meinen schmerzvollen Aufschrei und kam sofort zurück, um ziemlich betroffen, aber ratlos neben mir stehen zu bleiben.

Es dauerte eine Weile, bis ich überhaupt nur Luft holen konnte, es fühlte sich an, als seien sämtlich Rippen und Beine gebrochen.

Als endlich wieder aufstehen und laufen konnte, humpelte ich zu Piroschka hinüber, meinen zerrissenen Sattel auf dem Arm, und da hatte ich das Gefühl, als wolle sich mein braves Pferd bei mir entschuldigen. Wofür eigentlich?

Ich musste mich entschuldigen und zwar bei ihr, dafür dass ich ihr Vertrauen zu mir so sträflich ausgenutzt hatte.

Ich hatte ungefähr vier Wochen Zeit, ständig erinnert durch die Schmerzen meiner stark geprellten Rippen, gebrochen war aber zum Glück

nichts, über meine Dummheit nachzudenken.
Welch ein Leichtsinn!
Doch die Einsicht, dass es von Anfang an eine
Schnapsidee gewesen war, schmerzte mindestens
genauso stark wie die Prellungen.
Merle brachte irgendwann einmal ein kleines,
weißes Kaninchenbaby mit nach hause. Es wurde
Flocke getauft und bekam einen schönen Stall im
Garten und einen Auslauf auf der Wiese.
Flocke wurde fast so zutraulich wie ein Hund.
Immer mal wieder gelang es ihm aus dem Auslauf
auszubrechen, dann hoppelte er vergnügt durch den
Garten, ließ sich aber abends meist völlig
problemlos wieder einfangen.
Da Merle manchmal, oder auch öfters, ein wenig
verträumt ist, vergisst sie schon mal das eine oder
andere, manchmal halt auch ihr Kaninchen im
Auslauf.
Als mein Mann sich also eines Morgens um halb
vier auf den Weg zur Arbeit machte, staunte er
nicht schlecht darüber, dass mitten auf der Strasse
Merles kleines, zum Glück strahlend weißes
Kaninchen saß. Flocke wurde in den Stall
zurückgesetzt und alles war wieder in Ordnung.
Jedenfalls bis zum nächsten Mal, als Merle ihn
wieder einmal vergaß, denn dieses Mal hatte er sich
wohl auf einen weiteren Weg gemacht und alles
Suchen und Rufen im Garten, auf der Strasse und
bei den Nachbarn brachte keinen Erfolg. Flocke
blieb verschwunden. Merle war natürlich
todunglücklich, und ich konnte ihr auch keine

Hoffnung machen, dass ein Kaninchen nach drei Tagen Freiheit den Weg zu uns zurück finden würde.

Doch es gibt ein Band zwischen Kindern und Tieren, dass ist stärker als der Freiheitsdrang und der Ruf von Mutter Natur.

Merle, die die Hoffnung nicht aufgeben wollte, suchte weiter nach ihrem Freund und am vierten Tag nach Flockes Verschwinden, auf einer Wiese in der Nachbarschaft, die ungemäht, ein halb Meter hoch mit Gräsern bewachsen war, stand sie und rief immer wieder nach ihm, da tauchte plötzlich etwas weißes, hüpfendes zwischen den wogenden Halmen auf!

Flocke kam tatsächlich, immer wieder hoch hüpfend und Ausschau haltend heran gesprungen und hüpfte schließlich, voll Freude, direkt in Merles Arme.

Ein echtes „Happy end".

Auch immer für ein Schmunzeln gut sind Milans Hühner.

Vor zwei Jahren, damals selbst erst vier, kam Milan auf die Idee, wir könnten, wo wir doch schon so viele Tiere hätten, auch gleich ein richtiger Bauerhof sein.

Doch dazu bräuchten wir unbedingt noch eine Kuh! Die solle dann bei ihm im Zimmer stehen, und immer, wenn er morgens einen Eimer unter die Kuh stellt, „dann kommt da aus der Kuh Milch raus!"

Da ich die Idee, mit der Kuh im Kinderzimmer nicht ganz so ansprechend fand und mir auch lebhaft das Gesicht meines Mannes vorstellen konnte, sollte er irgendwann einmal am Wochenende morgens von einem lauten Muhen geweckt werden, machte ich Milan den Vorschlag, das Projekt „Bauernhof" doch erstmal mit einigen Hühnern und einem Hahn zu beginnen.

„Prima Idee!", fand Milan, so dass wir uns anlässlich seines Geburtstages auf den Weg zu einem Hühnerzüchter in der Nachbarschaft machten. Milan suchte sich drei verschieden farbige Hühner und einen schwarz-weißen Hahn aus. Als stolzer Besitzer half er mir danach, aus einer alten Hundehütte und einem Kaninchenauslauf einen Hühnerstall für die Nacht herzurichten. Über Tag durften die Hühner dann frei auf der Pferdewiese herum laufen.

Nun warteten wir gespannt auf die ersten eigenen Eier.

Sicher brauchten die noch jungen Tiere etwas Eingewöhnungszeit.

Eines Morgens dann war Milan ganz aus dem Häuschen, denn durch das geöffnete Fenster seines Kinderzimmers hörte man zum ersten Mal ein ziemlich deutliches „Kikeriki!"

„Das war Konstantin, Mami!"

Also, wenn der Hahn schon krähen konnte, würden die Hühner mit dem Eierlegen sicher auch nicht mehr lange auf sich warten lassen.

Dachte ich wenigstens!

Deswegen war ich doch etwas verwirrt, als ich auf der Pferdeweide hinter meinem Rücken plötzlich ein zweistimmiges Krähen vernahm, während Konstantin, der Gockel, gut sichtbar, vor mir auf der Hundehütte saß und sich putzte. Als ich mich umwand, kamen die beiden vermeintlichen Hühner „Schneewittchen" und „Rosenrot" laut krähend auf mich zu gelaufen. So ein Pech, da konnten wir natürlich lange auf Eier warten.

Wir fuhren also noch einmal zu dem Hühnerhof und schweren Herzens tauschte Milan die beiden getarnten Hähne gegen zwei, nachweißlich schon legende Hühner ein. Nur Konstantin durfte als „Hahn im Korb" bleiben.

Jetzt gab es dann auch wirklich morgens frische, eigene Eier!

Die Hühner lernten sehr schnell, die Uhr zu lesen und wussten genau, dass ich morgens, nachdem alle Kinder zur Schule weggefahren waren, als

erstes die Hunde raus ließ und mich dann dran
machte die Tiere zu füttern.

Also standen schon bald ab kurz vor acht drei
Hühner und ein Hahn am Tor der Pferdeweide, um
mich zu erwarten. Sie liefen dann mit mir und den
beiden Hunden im „Gänse- oder besser
Hühnermarsch" den Radweg entlang, um kurz vor
dessen Ende dann doch die Abkürzung über die
Pferdeweide zu nehmen und mich dann am
Futtertrog zu erwarten.

Ich hoffe inständig, dass nicht allzu viele Leute
morgens um die Zeit an unserem Radweg vorbei
fahren, denn sonst könnte sicherlich der eine oder
andere zu dem Schluss kommen, dass die, die da
jeden Morgen ihre Hühner „Gassi führt", schon
ziemlich einen an der Waffel haben muss!

Ab und zu gesellen sich dann auch mal Wildtiere
zu unserer Menagerie.

Das sicherlich spektakulärste war im letzten Jahr
eine junge Dohle.

Ich konnte vom Küchenfenster aus beobachten, wie
ein gerade erst flügge gewordener Jungvogel auf
dem Hof hin und her flatterte und dabei immer
wieder irgendwo gegen flog. Also ging ich hinaus,
um ihm eventuell zu helfen, außerdem hatte ich
auch Sorge, was wohl passieren würde, wenn einer
unserer Hunde oder die Nachbarskatze vorbei
käme.

Draußen hörte ich gleich die aufgeregten
Vogeleltern auf unserem Dach schreien und locken.

Die junge Dohle aber kam schnurstracks auf mich zu geflogen und landete gekonnt auf meiner Schulter. Um sie wieder mit ihren Eltern zu vereinen, setzte ich sie hinter unserem Gemüsegarten auf den Zaun. Die Elterntiere waren mir angstvoll gefolgt und saßen jetzt in einem Baum genau über mir und ihrem verlorenen Sprössling und riefen ihn in einem fort.

Ich weiß nicht, was für Streitigkeiten es bei Dohlen zwischen Eltern und ihrem Nachwuchs gibt, aber irgendwie musste sich dieses Dohlenkind dauerhaft mit seinen Erzeugern überworfen haben. Denn sobald ich mich vom Zaun entfernte, egal wie schnell, flog es hinter mir her und saß auch schon wieder auf meiner Schulter. Gut, ich hätte natürlich auch einfach rein gehen und ihm die Tür vor dem Schnabel zu schlagen können und es dann seinem Schicksal überlassen, aber das brachte ich einfach nicht übers Herz.

Also setzte ich ihn, oder auch sie, das wissen wohl nur Dohlen zu unterscheiden, auf Merles Kutsche und eines meiner inzwischen natürlich auch auf das Schauspiel aufmerksam gewordener Kinder holte mir etwas Hundefutter und eine Pinzette.

Es müssen wirklich „Rabeneltern" gewesen sein, anders kann ich mir den unglaublichen Appetit des kleinen Vogels nicht erklären.

Sofort als er die Pinzette auf sich zu kommen sah, sperrte er den Schnabel auf und schlug wie wild mit den Flügeln, das typische Bettelverhalten kleiner Dohlen. Happen für Happen verschwand in der gierigen kleinen Kehle.

Schließlich hüpfte die Dohle satt und zufrieden wieder auf meine Schulter, steckte den Kopf unter die Flügel und schlief ein. Was sollte ich tun, sie hatte mich einfach adoptiert.

Also machte ich ihr in einer alten Kiste ein Nest zurecht, setzte sie hinein und gab strickte Anweisung an die Kinder, die Hunde erstmal im Haus zu lassen.

Leise schlich ich mich von der Kiste weg und fuhr zur nächsten Zoohandlung, immer noch im Stillen hoffend, der junge Vogel würde in der Zwischenzeit dem immer noch anhaltenden Rufen seiner Eltern folgen.

In der Zoohandlung kaufte ich ein buntes Sammelsurium aus Mehlwürmern, Beofutter und Aufzuchtfutter für Igel, denn schließlich, das wusste ich noch aus meinem Studium, waren Dohlen als Rabenvögel Allesfresser und benötigten gerade in der Aufzuchtphase sehr viel Eiweiß.

Jede gehegte Hoffnung, der ungeladene Gast hätte sich mittlerweile schon wieder verabschiedet, wurde durch das Bild, das sich mir bei meiner Ankunft zu hause bot, sofort zunichte gemacht. Steffen, Merle, Patrick, Tomke und Milan hockten auf und um die Kutsche herum und die Dohle, als wenn sie immer schon zur Familie gehört hätte, hüpfte von einem Kopf zum nächsten und hatte mächtig Spaß dabei!

Kaum sah sie mich aus dem Auto steigen, schoss sie heran, landete auf meiner Schulter und pickte mir ins Ohr, um mir zu versichern, dass es höchste Zeit für den nächsten Imbiss sei.

Schwer wurde es, wenn man versuchte, ins Haus zu gehen, denn da sollte die Dohle nun, bei aller Tierliebe, wirklich nicht mit hinein.

Man musste rasend schnell die Tür hinter sich schließen. Sofort machte sich die Dohle dann von außen auf den Weg von Fenstersims zu Fenstersims, um in jedes Zimmer zu spähen, bis sie uns entdeckt hatte. Dann klopfte sie einige Male gegen das Fenster und blieb schließlich, den Kopf unter die Flügel gesteckt, dort sitzen.

Wahrscheinlich in der beruhigenden Gewissheit, so doch irgendwie auch noch dabei zu sein.

Nachts sperrte ich sie in den ersten Tagen, aus Angst vor allzu verfressenen Katzen, in eine Kaninchenbox. Morgens, wenn sich die Haustür zum ersten Mal öffnete, wurden wir durch lautes Gekreische begrüßt und daran erinnert, dass es doch wohl selbstverständlich sei, dass junge Dohlen morgens als erste ihr Frühstück erhielten. Es war eine anstrengende, aber auch für alle sehr schöne Zeit. Unmengen an Mehlwürmern wurden vertilgt und schließlich begannen die Kinder damit Raupen und Regenwürmer zu sammeln. Sobald sie aus der Schule nach hause kamen, gab es für die Dohle nichts Schöneres, als mit ihnen Rad zu fahren, zu reiten oder auf dem Trampolin zu hüpfen, oder sie saß auf meiner Schulter und beobachtete die Gartenarbeit.

Nachts schlief sie inzwischen auf dem Rosenbogen vor unserem Gemüsegarten, denn von dort hatte man morgens die Haustür am besten im Blick. Tagsüber flog sie auch mal in den Bäumen der Pferdeweide oder der Nachbargärten herum. Dabei war es schon spaßig zu sehen, wie selbst gestandene Bauarbeiter, es wurde gerade ein neues Haus in unserer Strasse gebaut, erschrocken aufsprangen oder sich duckten, wenn die Dohle im Sturzflug auf sie zu schoss. Erst, wenn ich sie dann rief und sie sich auf meiner Schulter niederließ, atmeten die erschrockenen Leute wieder auf und konnten dann auch über sich selber lachen.

Schwierig wurde es, wenn wir mit dem Auto wegfahren wollten, denn man kam nie schnell genug ins Auto, um die Tür hinter sich zu schließen, bevor die Dohle auch eingestiegen war. Ich musste immer, möglichst weit vom Auto weg, mit ihr warten, bis alle Kinder eingestiegen waren, dann setzte ich sie hoch oben irgendwo ab, und sprang, rennend, ins Auto und schloss sekundenschnell die Tür hinter mir.

Was die Dohle dann machte, während wir weg waren, weiß ich natürlich nicht, wahrscheinlich ahnungslose Nachbarn erschrecken, aber mein Auto kannte sie hundertprozentig. Bei unserer Rückkehr saß sie immer schon auf dem Blumenkübel neben meinem Parkplatz und wartete.

Es war ein wunderschöner Sommer für die Kinder, für die Dohle und auch für mich. Schon als Kind hatte ich davon geträumt einen zahmen Wildvogel zu besitzen oder gar einmal Falkner zu werden. Es war einfach ein tolles Gefühl, wenn so ein eigentlich wilder Vogel aus den höchsten Bäumen herabstürzt, um auf der Schulter von dir zu landen!! Wir hatten einen echten Bilderbuchsommer, dadurch konnten die Kinder nahezu ihre ganzen Sommerferien im Freien verbringen, die Dohle immer dabei, selbst im Pool.

Leider ist ihr genau dieser Umstand zum Verhängnis geworden.

Es war ein sehr heißer Tag gewesen und die Kinder hatten den ganzen Tag im Pool getobt. Abends zogen Merle und ich die Schutzplane über das Wasser, damit sich nicht über Nacht tausende Insekten darin sammelten. Dann gingen wir schlafen.

Welch ein fürchterlicher Schreck, als die Kinder am nächsten Morgen die Plane abzogen und die im Pool ertrunkene Dohle fanden!

Die Ärmste muss wohl abends noch Durst bekommen haben, und hat sich wohl an das Wasser im Pool, wo sie ja den ganzen Tag mit drin getobt hatte, erinnert. Wie sie es unter die Plane geschafft hat, weiß ich nicht, heraus war sie leider nicht mehr gekommen.

Es war wirklich ein rabenschwarzer Tag für uns alle, als wir die Dohle, bei unseren bereits

verstorbenen Kaninchen, Hühnern und Vögeln beerdigten, wir haben alle geweint.
Doch die Erinnerung an einen wunderschönen Sommer, lebt in unseren Herzen weiter.

Sommer wird's, die Welt blüht auf

Endlich sitz ich hier im Garten,
ewig lang musst ich drauf warten!
Wärme, Licht und Sonnenstrahlen
Treiben fort des Winters Qualen.

Bienen summen in der Luft,
Rosen füllen sie mit Duft.
Und die Lerche singt im Feld,
schraubt sich hoch ins Himmelszelt.

Wo die Wolken sanft und lau,
ziehen übers Himmelsblau.
Vögel hört man in den Zweigen,
Schmetterlinge tanzen Reigen.

Kornblume, Mohn und Margariten
Lauer Wind zum Tanz will bitten.
Überall, wohin man blickt,
Mensch und Tiere sind entzückt.

Kälte, Schnee und Dunkelheit
Weichen jetzt der Sommerzeit!
Und mein Herz, es geht mir auf.
Sommer wird's, die Welt blüht auf.

***

Irgendwann kommt selbstverständlich die Zeit, da man sich an all diese Missgeschicke, kleinen Katastrophen und Alltagsherausforderungen gewöhnt hat. Natürlich könnte man sich jetzt bequem zurück lehnen und relaxt den Tag genießen, da es ja nichts mehr gibt, was einen unerwarteter Weise aus dem Gleichgewicht bringen würde.

Doch warum einfach, wenn es auch immer neu, aufregend und spannend weiter gehen kann??!!

Meine Mutter bringt es jedes Mal, wenn ich doch mal wieder stöhne, mit einer uralten Lebensweisheit auf den Punkt: „Es gibt kein größer Leid, als was der Mensch sich selbst anteid!"

Nachdem also Milan jetzt vormittags auch in der Schule ist, ich die Tiere weitestgehend im Griff habe, bleibt vormittags noch ausreichend Zeit, Schülerlotse zu spielen, doch auch das füllt einen nicht vollständig aus. Deswegen lässt man sich am besten zur Elternratsvorsitzenden der Grundschule wählen, und zwar möglichst zu einem Zeitpunkt, an dem die Obrigkeit alles versucht, genau diese Schule zu schließen. Denn dann ist wenigstens was los!!

Gewählt worden bin ich eigentlich nur, weil niemand anders an unserer kleinen Schule das Amt übernehmen wollte. Man kennt das ja, kaum geht es bei den vielen Elternabenden , die man so durchlebt, darum, irgendwelche Posten zu vergeben, gucken alle ganz schnell unbeteiligt nach unten, bloß nicht auffallen, sonst könnte ja jemand auf die Idee kommen, mich zu wählen.

Nun haben wir eine wirklich sehr kleine Schule und da alle unsere Kinder diese während ihrer Grundschulzeit besucht haben und Tomke und Milan, als Letzte, jetzt auch hier sind, kennt man sich untereinander natürlich schon jahrelang. Die Diskussion, um die Schließung, tobt hier auch schon länger, so dass ich gedacht habe, wenn sich keiner von uns als Elternrat bei der Gemeinde sehen lässt, haben wir eh schon verloren. So bin ich also gewählt worden, und als Mutter von immer noch fünf kleinen Kinder zu Hause und mit einem Mann, der die ganze Woche nicht da ist, und Haus und Hof und Tieren, hat man ja auch ohne weiteres Zeit für solche Dinge!

Unsere Schule ist eine ganz typische kleine Dorfschule, allerdings, in den letzten Jahren reichlich modernisiert, macht sie einen durchaus komfortablen Eindruck. Die Kinder, und das ist schließlich das Wichtigste, fühlen sich hier wohl, vor allem, weil sie die Schule schon von dem daneben liegenden Kindergarten her kennen und weil die meisten Kinder die Schulemorgens selbstständig mit dem Fahrrad erreichen können. Die Kinder kennen sich alle, denn sie wohnen ja alle hier im Dorf und nachmittags treffen sie sich auf der Strasse, auf dem Schulhof, auf dem Sportplatz, im Jugendtreff oder bei der Kinderfeuerwehr wieder. Ja, obwohl wir ein kleines Dorf sind, haben wir einiges zu bieten!

Alle werden hier miteinander groß. Für mich ein ganz toller Vorteil des Landlebens gegenüber der Anonymität der Großstadt.

Meine Schwester wunderte sich mal, dass meine Kinder nachmittags ganz alleine stundenlang mit den Hunden hier herum streifen dürfen. Ob ich denn keine Angst hätte? Nein, erstens sind ja die Hunde dabei, die unsere Kinder mit ihrem Leben verteidigen würden, außerdem kennt jeder hier im Dorf die Kinder, und weiß, wo sie hin gehören, hat ein Auge darauf, was draußen passiert, auch wenn es nicht die eigenen Kinder sind. Hier wird nicht einfach weggeschaut!

Leider gehen, wie überall in Deutschland, auch hier die Kinderzahlen zurück, was nachweißlich nicht meine Schuld sein kann...

Vor fünf Jahren sank die Schülerzahl an unserer Schule so sehr, dass zum ersten Mal die Diskussion über Schließung oder die Einrichtung von Kombiklassen aufkam. Damals waren wir als Eltern sehr beunruhigt, da das Modell der Kombiklassen keinem von uns bekannt war. Damals schalteten sich die Gemeindepolitiker in die Debatte ein, denn sie sind für die Grundschulen zuständig, und ich bekam zum ersten Mal hautnah mit, wie viel man auf das Wort eines solchen Politikers geben darf.

In der Aula des Gemeinde-Gymnasiums fand ein Informationsabend für alle Eltern statt. Die Zahlen wurden uns vorgelesen und man versuchte uns die Kombiklassen zu erklären. Merle war damals gerade erst vor ein paar Monaten eingeschult worden. Auf Nachfrage besorgter und verunsicherter Eltern wurde uns von Seiten der Politiker erklärt, dass alles seien Prognosen für die nächsten Jahre und unsere Kinder, die dieses Jahr eingeschult worden seien, würden davon überhaupt nicht betroffen, sondern erst kommende Schuljahrgänge.

Schade, dass knapp sechs Monate später, Merle zu den ersten Kindern gehörte, die hier in einer Kombiklasse saßen!!

„Was stört mich mein Geschwätz von gestern?!" Wir waren anfangs natürlich nicht sehr glücklich, denn keiner wusste genau, was uns und unsere Kinder jetzt erwarten würde. Doch sehr engagierte junge Lehrkräfte arbeiteten sich so hervorragend in den Kombiklassenunterricht herein, dass es sich zum Segen für unsere Kinder herausstellte.

Durch den Jahrgangsübergreifenden Unterricht können nämlich sowohl sehr gute, als auch schwächere Schüler viel besser individuell gefördert werden.

Dorfschule

Unser Dorf, das ist nicht groß
Klein ist unsre Schule bloß
Deswegen ist sie lang nicht schlecht
Hier zählt Freundschaft noch in echt

Kombiklassen-Unterricht
Ich für dich und du für mich
Nicht die Größe zählt allein
Manchmal auch das Anderssein

Hier lernen wir nicht nur das Schreiben
Sondern immer fair zu bleiben
Alle stehen für einen ein
Keiner bleibt im Kreis allein

Kommst du neu und stehst am Rand
Nehmen wir dich an die Hand
Komm und tritt in unsre Mitte
Zusammenhalt das ist hier Sitte

Lernen kann man überall
Tönt der Neider Widerhall
Doch für soziales Miteinander,
Zivilcourage, Teamarbeit
Bleibt großen Schulen wenig Zeit

Und gestärkt ins Leben gehen
Immer auch den Anderen sehen
So wie hier, lernt man das nimmer

Drum bleib die Schule hier für immer!!!!!!

***

Sie bestimmen ihr Lerntempo selbst mit. Sind sie gut, folgen sie dem Unterricht der höheren Klasse oder erklären den Stoff ihren Mitschülern, so fühlen sie sich niemals unterfordert. Brauchen sie aber etwas länger, um manche Dinge zu verstehen, so wird ja zum einen im nächsten Schuljahr alles noch mal für die kleinere Klasse erklärt, und zum anderen findet sich jeder Zeit ein älterer Mitschüler, der es einem noch mal erklärt.
So wird vor allem das soziale Miteinander der Kinder schon in ganz frühen Jahren positiv geprägt. Die Kinder werden enorm selbstständig und selbstbewusst, andererseits aber, und vor allem das ist es, was sich in den weiterführenden Schulen bewährt, werden sie teamfähig!!
Die Kinder lernten vom ersten Tag der Kombiklassen an, sich selbst zu strukturieren, ihre Zeit sinnvoll einzuteilen und Hilfe zu suchen und zu geben.
Meiner Meinung nach gibt es nichts besseres, um Kinder auf das Leben vorzubereiten.
Der Erfolg gab unserer Schule Recht. Bereits im ersten Kombiklassenjahrgang von Merle,

wechselten elf von vierzehn Kindern nach der vierten Klasse auf das Gymnasium!

Habe ich selber noch bei den drei Großen, Mittag für Mittag, während der gesamten Grundschulzeit, stundenlang Hausaufgaben erklärt, korrigiert und überwacht, so machen Patrick, Tomke und Milan diese heute völlig selbstständig und alleine.

Mussten die Großen auf dem Gymnasium erst schmerzvoll lernen, dass mündliche Beteiligung, Gruppenarbeit und selbstständiges Erlernen und Wiederholen des Unterrichtsstoffes überlebenswichtig sind, so wusste Merle all diese Dinge bereits aus dem Kombiklassenunterricht, und schaffte so den Wechsel wesentlich schneller und problemloser.

Nun glaube man aber bloß nicht, dass Politiker, nicht mal zu Zeiten ständig schlechter „Pisa-Studien", sich von solchen Vorteilen eines, einstmals von ihnen selbst propagierten, Schulkonzeptes beeindrucken ließen. Vor zwei Jahren, es standen gerade die nächsten Kommunalwahlen vor der Tür, gingen Politiker sämtlicher Parteien mit der wählerfreundlichen Parole in den Wahlkampf, sich auf jeden Fall, für den Erhalt kleiner Schulen stark zu machen.

Parolen, wie, „kurze Wege für kurze Beine!", oder, „nur mit der Gegenpartei werden kleine Schulen geschlossen!" und „wir müssen den ländlichen Raum stärken!", prangten auf Wahlplakaten jeglicher Couleur.

Klar, wer würde auch schon jemanden wählen, der verspricht: „Ich mache die Schulen dicht!"

Doch wie gewonnen, nämlich die Wahl, so zerronnen, die Wahlversprechen!

Bereits kurz nach der gewonnenen Kommunalwahl, lehnte die Mehrheit im Gemeinderat, eine große Volkspartei, den Elternwille, es waren immerhin achtundneunzig Prozent(!), auf Einrichtung einer offenen Ganztagsschule in unserem Dorf ab.

Leider sind wir damit in Niedersachsen die Einzigen, denen es verweigert wurde!

Im letzten Jahr tauchte dann der, angeblich wohlüberlegte und lange durchdachte, Plan der Gemeinde auf, vier der acht Grundschulen zu schließen.

Keine Erinnerung mehr an „alte" Versprechen, keine Stärkung des ländlichen Raumes, sondern lieber Zentralisierung, und den kurzen Beinen, könne man die dann sehr langen Wege, schließlich auch mit einer täglichen Schulbusreise durch das gesamte Gemeindegebiet „verkürzen".

Genau zu diesem Zeitpunkt wurde ich also als Elternratsvorsitzende unserer Grundschule gewählt, und merkt gleich in der ersten Woche, dass dieses, sehr harmlos erscheinende Ehrenamt, doch etlichen Einsatz von mir erfordern würde.

Natürlich hänge ich an der Schule, die alle meine Kinder besucht haben, aber vor allen Dingen, widerstrebt es mir zutiefst, mich von irgendwelchen Möchtegern-Politikern dermaßen verschaukeln zu lassen. Schließlich habe auch ich die gewählt!

Wir organisierten also im Dorf unseren Protest durch Demonstrationen, Kundgebungen und Leserbriefe an die örtlich Presse. Dabei merkt man sehr schnell, dass zwar viele die gleiche Meinung vertreten, es aber doch einer Menge Aufwand bedarf, um dann all diese auch zu bewegen ihrem Unmut mit uns zusammen Luft zu machen.

Allzu verbreitet ist leider die Meinung, gegen die da oben könne man eh nichts ausrichten.

Ich bin da ganz anderer Auffassung. Schließlich sind „die" ja nur da oben, weil wir hier unten stehen und sie halten!!

Mein Motto ist: „Hilf dir selbst, dann hilft dir Gott! Und warte bloß nicht bis andere das für dich tun, denn da kommt keiner!"

Genau mit diesem Vorsatz bin ich denn auch mit einigen meiner Mitstreiter zu dem, genau zu dieser Zeit stattfindendem, Kreisparteitag jener großen, anfangs erwähnten Volkspartei gefahren. Dort habe ich diverse namhafte Landes- und Bundespolitiker dieser Partei getroffen, denen ich unser Problem vortrug, von denen ich mir Hilfe erhofft hatte, denn schließlich vertrat ihre Partei auch auf Landes- und Bundesebene, die Auffassung, dass man mehr für Bildung tun müsse, und dass man gerade kleine Schulen im ländlichen Raum unterstützen sollte.

Da bin ich doch bei denen gerade richtig, hatte ich mir gedacht.

Doch von jeder Seite bekam ich außer bedauernden Worten und einem Achselzucken, man könne sich da auf kommunaler Ebene nicht einmischen, nichts zu hören. Trotzdem bekam ich aber wenigstens die Erlaubnis, drinnen beim Parteitag selbst mein Anliegen vorzubringen, denn da wären ja auch die Ansprechpartner der Kommunalpolitik anwesend.

So folgte ich also den Debatten und Vorträgen bis ich schließlich selber ans Mikrofon durfte.

Mein ehemaliger Deutschlehrer hätte sich ganz schön gewundert, habe ich beim mündlich Deutschabitur kaum ein Wort raus gebracht vor Aufregung, gelingt es mir heute vor „großem Publikum" frei in ein Mikrofon zu sprechen und dabei nur ganz leicht durch ein Zittern meiner Stimme, meine Aufregung zu verraten.

Man entwickelt sich halt weiter!

Ich erklärte mit kurzen Worten, warum „einfache" Bürger sich von der Politik verschaukelt fühlen, wenn nach der Wahl nicht mehr gilt, was vor der Wahl versprochen wurde.

Dafür bekam ich sogar etlichen Applaus, und ich denke, es gab etliche, wahrscheinlich jene, die mit der anstehenden Entscheidung bei uns nichts zu tun hatten, die merkten, dass es hier um das Wohl kleiner Kinder ging.

Dann kam, keine fünf Minuten später, der Landespolitiker der Partei, welcher in Hannover in die Opposition verbannt worden war, und griff die dort regierende gegnerische Partei verbal auf das Heftigste an, weil sie „entgegen allen

Wahlversprechen jetzt landauf, landab
Förderschulen schließe und die betroffenen Eltern
und Kinder im Regen stehen ließe!"
Ich bekam erstmals eine Vorstellung davon, was
Rhetorik und der Zwang der Masse für eine
gewaltige Kraft ausüben können.
Keine fünf Minuten, nachdem man mir gegen die
Schließung unserer Schule jegliche Hilfe
verweigert hatte, gaben die gleichen Menschen,
angeheizt durch eine wirklich gute Rede und
aufgeputscht durch die Menge, beinahe schon
„Standing Ovations", für die Schelte, die die
Gegenpartei für Schulschließungen bekam!!!
Und niemand merkte den Widerspruch!!!!!!!
Auch in der Politik zählt eben mehr der Schein als
das Sein.
Dann kam die entscheidende Ratssitzung.
Der Tag, an dem eine Ansammlung von
„Rentnern", deren Schulzeit zu meist schon im
letzten Krieg begonnen hatte, über das schulische
Schicksal unserer sechs bis zehn jährigen Kinder
entscheiden sollte.
Leider war das ganze von Anfang an ein
„abgekartetes Spiel" gewesen. Jeglichen
Argumenten gegenüber taub, blind für Gutachten
von Hochschulen und Professoren, vergessend die
eigenen Versprechen, besessen davon, unbequemen
politischen Gegnern und aufmüpfigen Bürgern zu
zeigen, wer hier das Sagen hat, war die ganze
Sitzung eigentlich eine Farce!

Den zu hunderten erschienenen, aufgebrachten Bürgern wurde nur eine Redezeit von knapp zwei Minuten gewährt, Applaus oder Unmutsäußerungen unsererseits wurden mit angedrohtem „Platzverweis" geahndet. Man fühlte sich unweigerlich an Orte in unserer jüngeren, geschichtlichen Vergangenheit erinnert. Politiker wurden darauf hingewiesen, dass sie auf unsere Fragen gar nicht erst antworten müssen, wenn sie dies nicht wollten, und jedem Redner von uns wurden seine zwei Minuten Redezeit dadurch massiv gekürzt, dass man uns selbst bei der soundsovielten Wortmeldung noch lang und breit jedes Mal dazu nötigte unseren vollständigen Namen und Wohnort zu nennen.

So wunderte sich schließlich nicht wirklich jemand, dass bei der geheimen Abstimmung, die Politiker fürchteten wohl den heiligen Zorn der Menge, mit einer(!) Stimme Mehrheit die Schulschließungen beschlossen wurden.

Gewundert nicht, aber fassungsloses Staunen über so viel Unverstand!

Aber geschlagen geben wir uns nicht.

„Wir haben eine Schlacht verloren, aber noch nicht den Krieg!"

Ich weiß einfach, dass ich für die richtige Sache kämpfe und da kann nur verlieren, wer aufgibt.

Und die Politiker, egal ob auf kommunaler oder Landesebene, treffen uns in den nächsten Jahren immer wieder, denn es wird wieder gewählt, und da wollen sie unsere Stimme wieder haben. Doch vielleicht drehen wir dann den Spieß auch mal um und lassen uns selber wählen. Die Anfänge für die Gründung einer Bürgerinitiative sind bereits gemacht, und, wer zu letzt lacht, lacht am besten!

Der vermeintlich schlaue Politiker

Politik, das ist nicht schwer,
man muss nur lügen, bitte sehr.
Die Wahrheit, die hört keiner gerne,
so verspreche ich euch die Sterne,

an die komme ich eh nicht ran,
was soll ich den da machen, Mann.
Wer wählt schon jemand, der verspricht,
ich mache euch die Schule dicht?

Vorher zeigt man sich charmant
Und kreuzt die Finger in der Hand.
Bin ich dann erstmal an der Macht,
bin ich s, der über Einfalt lacht.

Doch irgendwann, oh Schreck, oh Schreck,
da ist dann das Vertrauen weg!
Wie gewonnen,
so zerronnen,
Die nächste Wahl kommt ganz bestimmt,
mal sehn, wer mich denn dann noch nimmt.

***

Da man irgendwann, wenn es zu viele Kinder werden, keinen mehr findet, der freiwillig auf so eine Horde aufpasst, und da wir hier in Ostfriesland familienmäßig sehr isoliert leben, der Rest der Verwandtschaft ist im Rheinland, bzw. im Ruhrgebiet verblieben, war die Ausübung der tierärztlichen Tätigkeit, welche ich anfangs noch in Form von Urlaubsvertretungen fortgesetzt hatte, irgendwann schwierig, und mit meinem Verständnis von einer glücklichen Kindheit nicht mehr zu vereinbaren. Denn dafür bin ich selbst viel zu gerne Mutter!

Trotzdem, oder gerade wegen der vielen Kinder, war es natürlich sinnvoll, etwas Geld dazu zu verdienen. Dafür blieben mir allerdings nur die Wochenenden, denn mein Mann, der während meiner Abwesenheit ja dann an meiner Stelle den „Pausenclown" für den Nachwuchs spielen musste, war die ganze Woche mit dem LKW unterwegs und nur am Wochenende zu Hause.

Da bot sich mir schon vor nun mehr vierzehn Jahren ein Job als Verkäuferin in einer Bäckerei in unserem Kleinstadtbahnhof an.

Inzwischen ist es für mich allerdings viel mehr geworden, als nur ein Job zum Geldverdienen.

Man erlebt hier so viel, außerdem ist es echt entspannend, wenn mal acht Stunden lang keiner „Mami!" ruft, jedenfalls keiner, der damit mich meint!!

So verbringe ich also meine Wochenenden vormittags damit, Brötchen zu backen, zu belegen und zu verkaufen.

Gerade durch die Wochenenddienste und dadurch, dass ich schon so lange Zeit dabei bin, und natürlich durch die besondere Lage mitten in der Bahnhofshalle, erlebt man hier wirklich spannende, lustige, aber auch schockierende Dinge.

Es sind sehr viele Stammkunden, die wirklich Wochenende für Wochenende oftmals dieselben „Brötchenwünsche" haben, und das schon seit vierzehn Jahren!

So kennt man sich, und irgendwann kommt natürlich auch mal raus, dass ich eigentlich Tierärztin bin.

Es ist schon lustig, die meisten sehr erstaunten, oft auch geschockten Gesichter zu sehen, wenn die Leute erkennen, dass es eine „Frau Doktor" ist, die ihnen da Woche für Woche die Brötchen in die Tüte packt. Ganz verschiedene Reaktionen folgen auf so eine Feststellung.

Für die einen bin ich jetzt nur noch Scherzhafterweise „die Frau Doktor", für manche ist es einfach unfassbar, wie ich meine Talente so „verschwenden" kann, andere äußern, sie hätten immer schon gedacht, dass da mehr hinter der „einfachen Verkäuferin" stecke, und andere nutzen die Erkenntnis jetzt, morgens, wenn sie die sonntäglichen Brötchen holen, gleich den Hund mitzubringen, um mich um einen guten Rat für die verschiedenen Wehwehchen ihres Lieblings zu befragen.

Toll, dann immer die entgeisterten Blicke der anderen Kunden zu sehen, die ja die näheren Umstände nicht kennen können!

Doch nicht nur deshalb macht mir die Arbeit Spaß. Es sind auch die vielen verschiedenen Reisenden, die immer wider kurz verweilen, Teile ihres Reiseweges oder manchmal sogar ihres Lebens erzählen, die sich oftmals freuen, über einen kleinen Plausch.

Gerade ältere Leute sind da so freundlich und oft auch dankbar, und so entwickeln sich wirklich nette kleine Gespräche.

Einsame Menschen, die froh sind einen Zuhörer zu finden, auswärtige Reisende, die für eine Auskunft dankbar sind, und natürlich die Taxi- und Busfahrer, die Bahnbediensteten, oder die Polizisten, die alle froh darüber sind, dass sie nicht die einzigen sind, die da in aller Herrgottsfrühe am Sonntag arbeiten müssen, und die sich gerne einen Kaffee bei uns abholen und die man natürlich im Laufe so vieler Jahre auch alle kennt.

Doch auch das gibt es natürlich an einem Bahnhof, lauter gescheiterte Existenzen, Jugendliche, ohne Perspektive, Kleinkriminelle, alte, alleingelassene und verwirrte Menschen, und schließlich jedes Wochenende wieder, übrig gebliebene Schnapsleichen aus den umliegenden Discos, die morgens verzweifelt den Weg nach Hause suchen und oftmals noch ein paar Brötchen, wahrscheinlich als Entschuldigung für das dort drohende Unwetter, mitnehmen. Da kommt es dann schon mal vor, dass so ein „leicht" angesäuselter Herumtreiber sich vertrauensvoll über den Tresen lehnt und, leicht dümmlich grinsend, fragt: „N,tschuldigung, wann geht denn der nächste Bus nach Hause?"

„Sorry??"

Meistens treten diese Kauze in Gruppen auf und man bekommt dann von einem, immer im selben Boot Sitzenden, zugeflüstert, „Nehmen Sie es nicht krumm, mein Freund ist heute ein bisschen angeheitert." „Danke, dass wäre mir so nie aufgefallen!"

Natürlich gibt es auch etliche, die in so einem Zustand randalieren, aber, Gott sei Dank, sind die in der Minderheit, die lustigen Momente überwiegen.

Außerdem kann ich mir dann auch immer vorstellen, dass ja irgendwann auch mal der eine oder der andere von meinen Kindern in einer ähnlichen Lage angetroffen wird, und dann hoffe ich eben, dass auch sie sich dann an „ihre gute Kinderstube" erinnern und auch sie auf hilfsbereite, verständnisvolle Mitmenschen treffen.

Besonders schön finde ich es, wenn man nach einigen Jahren manche dieser, früher perspektivlosen, am Bahnhof herum gammelnden Jugendlichen wieder trifft und sieht, dass sie doch noch die Kurve bekommen haben und nun

zielstrebig zum Bahnsteig eilen, um einer
ordentlichen Arbeit nachzugehen.
Das ist toll!!
Man begleitet ungewollt und außen stehend so
viele Menschen ein kleines Stück durch ihr Leben.
Jugendliche, die gerade noch sonntags die Brötchen
für das Familienfrühstück holten, stehen plötzlich
mit dem eigenen Nachwuchs auf dem Arm vor dem
Tresen, Lehrer der eigenen Kinder, trifft man, weil
sie auf dem Weg sind ihrerseits die Kinder zu
besuchen, Freunde aus dem Dorf oder dem Reitstall
eilen an einem, fröhlich winkend, vorbei zum
Bahnsteig.
Ankunft, Abschied, Wiedersehen liegen hier am
Bahnhof ganz dicht beisammen.

Bahnhofsleben – Lebensbahnhof

Ende, Abfahrt, Rückverkehr,
Abschied, Trennung schmerzt so sehr.
Begegnung, Treffen, Wiedersehen,
Ankunft, Halten ist so schön.

Zwischenstopp, kurz mal verweilen,
Züge halten, Leute eilen.
Hektik, Stress und doch mal Pause,
mancher fühlt sich hier zu Hause,

mancher schaut, wie s weiter geht,
ob es wohl im Fahrplan steht?
Alter auf dem Abstellgleis,
Verlust, der uns zusammen schweißt.

Wer stellt wohl für uns die Weichen?
Ist der Zug noch anzuhalten?
Kann ich Anschluss noch erreichen?
Oder muss das Schicksal walten?

Unser Leben, wie im Flug,
gleicht dem Bahnhof und dem Zug!

***

Meine Arbeit als Tierärztin ist mir trotz allem geblieben.

Einmal natürlich hier zu Hause in unserem kleinen Privatzoo, wo es immer mal wieder Unfälle oder Krankheiten gibt, und wo es dann sehr von Vorteil ist, dass ich mir und unseren Tieren in den meisten Fällen selber helfen kann. Unsere Kinder lernen das gleich mit und wissen längst, dass das Wohlergehen der Tiere an erster Stelle vor dem eigenen Vergnügen steht.

Vor einigen Jahren hatte Boris, unser altes Dülmener Pony, im Sommer plötzlich eine Kolik. Natürlich rief ich sofort den Tierarzt, denn mit so etwas ist nie zu spaßen, und dafür benötigt man auch Medikamente, die ich nicht alle zu Hause haben kann. Bis der Tierarzt da sein konnte, führte Tomke, damals knapp fünf Jahre alt, das Pony unablässig über die Wiese, damit es sich nicht hinlegen konnte, denn das wäre bei einer Kolik das Schlimmste gewesen. Der Tierarzt gab Boris schließlich eine Spritze gegen die Schmerzen und zur Entkrampfung, mehr konnte man erstmal nicht tun, und Tomke führte ihn, abwechselnd mit Merle, die inzwischen aus der Schule gekommen war, weiter herum.

Abends musste ich rein, um die Kinder ins Bett zu bringen, und Tomke führte Boris immer noch, aus Angst, es könne ihm sonst wieder schlechter gehen. Schließlich schickte ich Merle zu ihr hinaus, damit sie Tomke ablösen konnte, und diese ins Bett kam.

Da unser Küchenfenster genau auf die Weide raus geht, konnte ich beobachten, wie Merle minutenlang neben Tomke herlief und auf sie einredete. Dann packte Merle Tomke plötzlich am Arm, hielt sie an und schüttelte sie. Ich ging raus, um zu sehen, was da los sei. „Mama", rief Merle, „Tomke wird gar nicht wach, die schläft schon beim Führen!"

Ich brachte mein völlig erschöpftes Töchterchen ins Bett und sie schlief, nicht ohne mir vorher das Versprechen abzunehmen, dass ich Boris weiterführen würde, sofort ein.

Am nächsten Morgen war Boris wieder topfit und das verdankte er sicher nicht zu letzt Tomkes aufopfernder Fürsorge!

So kennen es alle meine Kinder und würden immer für ihre Tiere einstehen.

Manchmal hilft mir mein Studium auch, wenn mich im Reitstall Freunde oder Bekannte fragen, weil ihren Pferden gerade etwas fehlt. Dann finde ich es einfach schön, helfen und Tipps geben zu können. Noch mehr freue ich mich, wenn der niedergelassene Kollege hinterher meine Vermutung bestätigt, und mir die Pferdebesitzer dies ganz begeistert oder auch verwundert, woher hast du das nur gewusst, berichten. Dann schmunzle ich still für mich und strafe in Gedanken all jene Lügen, die immer wieder behaupten, mein Studium sei doch nur rausgeschmissene Zeit gewesen!

Mir reicht, was ich damit erreicht habe und mein Wissen macht mir niemand streitig, auch wenn ich vielleicht nicht das Kapital daraus schlage, was in unserer Gesellschaft oft als so unendlich wichtig angesehen wird.

Da ist auch noch etwas anderes, was mich nicht loslässt.

Das ist die Sache mit der Freundschaft!

Leider ist durch die Errungenschaften der Technik im Zeitalter von Internet und Facebook heute kaum noch jemand in der Lage ein offenes Gespräch zu führen und jeder ist entsetzt, stellt man ihn mal in einem Konflikt offen zur Rede.

Ich finde es schon fürchterlich solche Beobachtungen bei Kindern und Jugendlichen zu machen, wenn aber erwachsene Menschen es nicht mehr schaffen ein offenes Gespräch zu führen, dann braucht man sich nicht zu wundern, wenn wir in einer Gesellschaft leben, in der Wegsehen zur Normalität geworden ist!

Mir ist es leider erst kürzlich wieder so ergangen.

In dem Reitverein der Mädchen gab es in Merles Volti-Mannschaft Unstimmigkeiten, da eines der Mädchen in eine höhere Gruppe aufsteigen sollte, so jeden falls der Wunsch der Trainerin und der betroffenen Mutter.

Da das Mädchen selbst diese Ambitionen aber gar nicht teilte, beließen sie es zur Hälfte in Merles Mannschaft. Das führte zu viel Unruhe und Unmut, besonders bei den Kindern, die genau mit diesem Mädchen ihre Kürübungen turnen mussten, weil es oftmals beim Training dann nicht dabei war, da es ja in der höheren Mannschaft mittrainierte.

Die Mannschaft war zwei Jahre lang durch dick und dünn gegangen, es war ein wunderbares Team entstanden, und durch hervorragendes Training hatten sie sich hochgearbeitet.

Nun wollten andere Eltern und ich nicht, dass dies zerstört würde, wenn die Kinder weiter in einer so unbefriedigenden Situation belassen würden.

Da ich mich mit der Mutter des andren Mädchens eigentlich immer wunderbar verstanden hatte, Merle und das Mädchen oft auch privat miteinander spielten und wir am nächsten Tag bei einem Ponyspielturnier eh acht Stunden miteinander in der Reithalle herum stehen mussten, bot ich mich an mit der Mutter einmal zu sprechen, um eine Lösung zu suchen.

Den ganzen Tag unterhielten wir uns miteinander, feuerten unsere Kinder in der Bahn an und hatten eigentlich die gleiche Auffassung, dachte ich wenigstens, dass das Wichtigste die Freundschaft der Kinder und auch unsere sei und der Spaß am Voltigieren.

Die Mutter selbst war auch über die Situation nicht glücklich, wie sie mir sagte, und schlug vor es sollen sich doch erstmal die Kinder allein zusammensetzen, um die Probleme und Wünsche anzusprechen und nach Lösungen zu suchen.

Da ich es auch ganz wichtig finde, dass Kinder lernen über Probleme zu reden, war ich sofort

einverstanden. Wir trennten uns an diesem Abend,
so kam es mir vor, im besten Einvernehmen.

Diesen Eindruck behielt ich bis ich am nächsten
Tag auf der Arbeit von SMS nur so bombardiert
wurde.

Im Stall schien ein Hurrikan zu toben, die Mutter
war noch gestern Abend an ihren Computer
gegangen und hatte einen bitterbösen Brief über
mich und meine Kinder, die angeblich schon ewig
hinter dem Rücken des armen Mädchens intrigiert
hätten, auf Facebook, einer fluchbehafteten
Erfindung, die leider nicht erkennen kann, was
unmündige Menschen mit ihr machen, und die ich
deswegen auch nicht habe, gepostet.

Nun war also der ganze Stall damit beschäftigt sich
das Maul über mich zu zerreißen.

Ich rief nach der Arbeit sofort bei der Trainerin an,
um die Wogen zu glätten und die Geschichte klar
zu stellen.

War ich noch bis vor einem Tag, die große Stütze
der Trainerin, weil ich Woche für Woche das Pferd
vor dem Training eine halbe Stunde durch die Halle
führte, weil ich es war, die dafür gesorgt hatte, das
die Gruppe kurz vor dem Turnier noch aus dem
Nichts ihre Turnieranzüge bekam, weil ich es war,
die diese Anzüge, auch der anderen Gruppen, nach
den Turnieren in Handwäsche reinigte, so war ich
es plötzlich nicht mal mehr wert, dass man mit mir
redete.

Ich wurde am Telefon angefahren, sie hätte keine
Lust mehr mit mir zu reden, die Kinder wären alle

glücklich gewesen nur ich alleine hätte die Gruppe auseinander bringen wollen.

Ein vernünftiges Gespräch war nicht möglich.

Ich war entsetzt. Auch die Mutter des anderen Mädchens reagierte auf keine meiner SMS, Anrufe oder Mails.

Trotzdem fuhr ich Merle in der nächsten Woche zum Training.

Die Kinder hatten sich untereinander verabredet und wollten sich an dem Tag mit den Trainern zusammensetzen und reden.

Nur das besagte Mädchen hatte seine Mutter, angeblich weil das Kind zuhause zusammengebrochen war und nun nicht mehr voltigieren wollte, komplett abgemeldet.

Ich blieb bei diesem Gespräch absichtlich draußen, falls sich doch irgendjemand von mir provoziert gefühlt hätte.

Das hätte ich mir auch sparen können!

Die Kinder saßen im Kasino mit einigen Eltern und die Trainer, erwachsene Menschen, longierten ein leeres Pferd in der Halle und schafften es nicht mit Kindern ein Gespräch zu führen.

Am nächsten Tag versuchte ich eine Vermittlung über die, auch bereits erwachsenen Voltis der höheren Mannschaft und die Voltigierwartin des Vereins, mit all denen hatte ich seit vielen Jahren ein freundschaftliches Verhältnis und sie waren von dem Streit eigentlich gar nicht betroffen.

Ich war erschrocken, was für Anfeindungen und persönliche Vorwürfe ich als Antwort bekam!

Daraufhin schloss ich das Kapitel für mich und meldete meine Kinder beim Voltigieren ab.

Doch genau hier zeigt sich wahre Freundschaft. Ich bekam noch am selben Tag den Anruf einer Mutter, die mir sagte, sie sei entsetzt, was da passiere und habe ihre Tochter auch sofort abgemeldet. Das sei auch für sie keine Art des Mannschaftssports.

Noch eine andere Mutter hat das auch so gesehen. Auch meine Freundin Ulli, Mutter aus der höheren Mannschaft, lud den Zorn ihrer eigenen Mannschaft auf ihr Haupt, weil sie es wagte sich auf meine Seite zu stellen.

Die ehrgeizige Mutter des „Superstars" hat inzwischen ihre Meinung geändert und das Kind ist doch nicht so am Boden zerstört, sondern es voltigiert jetzt, von allen mit Mitgefühl behandelt in der höheren Wunschgruppe der Mutter voll mit. Und es sind genau die Kinder aus der alten Gruppe von Merle die weitermachen als sei nichts gewesen, die in diese Gruppe nur hereingekommen sind, weil Merle und ihre Freundin sich für sie eingesetzt haben.

Aber mir ist es wichtiger, dass meine Kinder Offenheit lernen und morgens aufrecht in den Spiegel gucken können!

Was zählt am Ende ist die wahre Freundschaft! Und inzwischen haben wir einen neuen Reitverein gefunden zusammen mit den anderen betroffenen Kindern und hier geht es hoffentlich ehrlicher zu.

Über die Freundschaft

Freundschaft tönt es immer wieder,
doch was bleibt ist Schall und Rauch.
Gibt man anfangs sich noch bieder
Ist die Freundschaft nur ein Hauch.

Schnell verweht vom Wind der Selbstsucht.
Wichtig nur sich selbst zu schützen
Warum soll ich anderen nützen?
In den Vorwurf geht die Flucht

Mobbing ist das Modewort,
schnell ergreift man es dann dort.
Freundschaft stirbt den leisen Tod!
Wie die Blume ohne Wasser
Geht sie ein ganz still, wird blasser.

Wer jedoch die Freundschaft findet
sich noch an die Wahrheit bindet,
steht zu einem offnen Wort,
gerade seinen Rücken streckt,
immer erst die andren deckt,
auch einmal Kritik einsteckt,

der gibt Freundschaft einen Ort,
wo sie wachsen kann und blühen,
Freunde findet die sich mühen,

diese Blume zu erhalten,
sie zu pflegen und zu schützen,
denn zu Freunden muss man halten
und sich gegenseitig stützen!

***

Ich bin gerne Mutter, Putzfrau, „Leiterin eines erfolgreichen Familienunternehmens", Privattierärztin, Wochenendverkäuferin und manchmal auch Bahnhofsmission. Die Mischung macht,s!!
Wir haben uns hier in Ostfriesland in gemeinschaftlichem Familienengagement
ein Paradies für unsere Kinder, unsere Tiere und natürlich auch für uns aufgebaut.
Und so komme ich in der Mitte meines Lebens zu dem Schluss, dass ich das nicht geplant, aber ganz sicher so gewollt habe!!
Nicht alle Kleinigkeiten, aber die gehören nun mal dazu und sie würzen das Leben mit Spannung, Abwechslung und Überraschung, und so entsteht eine Mischung, die das Leben lebenswert macht......

Gedanken „mitten aus dem Leben"

Ich hab gelernt, so schwer es fällt,
oft stürzt sie ein, die „heile Welt"!
Die Kraft brauch ich für mich allein,
die Andern wollen oft auch so sein.

Drum breit ich meine Flügel aus,
lass mich nicht unterkriegen,
von Gegenwind und Sturmgebraus,
und lerne einfach fliegen!

Die Welt ist viel zu schön,
um nur durch Tränen sie zu sehen.
Doch ganz egal wie's weiter geht,
was immer in den Sternen steht,
irgendwo in dieser Welt
ist immer jemand, der mich hält!!

***

MIX

Papier | Fördert
gute Waldnutzung

FSC® C083411

Zeitfracht Medien GmbH
Ferdinand-Jühlke-Straße 7
99095 Erfurt, Deutschland
produktsicherheit@kolibri360.de